张大小姐

miss
zhang

［美］洪晃 著

浙江出版联合集团
浙江文艺出版社

图书在版编目（CIP）数据

张大小姐 /（美）洪晃著. -- 杭州：浙江文艺出版社，2018.11
ISBN 978-7-5339-5398-0

Ⅰ. ①张… Ⅱ. ①洪… Ⅲ. ①长篇小说－美国－现代 Ⅳ. ① I712.45

中国版本图书馆 CIP 数据核字（2018）第 206052 号

版权合同登记号　图字：11-2018-486 号

张大小姐
[美] 洪晃 著

责任编辑	罗　艺
总 策 划	唐虓珲
特约编辑	姜玉亮
装帧设计	殷九龙

出版发行　浙江文艺出版社
网　　址　www.zjwycbs.cn
联系电话　0571-85152727
经　　销　浙江省新华书店集团有限公司
印　　刷　北京中科印刷有限公司
开　　本　880毫米×1230毫米　1/32
字　　数　184千字
印　　张　11
版　　次　2018年11月第1版　2018年12月第4次印刷
书　　号　ISBN 978-7-5339-5398-0
定　　价　45.00元

版权所有　违者必究
（如有印装质量问题，请寄承印单位调换）

此书献给 杨晓平 和 章冕。

目 录

1　有星星的夜晚　　001
2　约会之夜　　013
3　审问　　027
4　惊恐偶遇　　041
5　就当握手了　　055
6　孟主编　　069
7　专业捞人　　083
8　把柄　　103
9　柜子里的情人　　117
10　去纽约　　129
11　沸腾的水　　139
12　栽赃　　151

13	存在感	167
14	寻欢作乐的意义	181
15	一封信	193
16	身上带枪	207
17	萍姐	221
18	钻石王老五	233
19	当年事	247
20	暴雨夜	265
21	保护伞	285
22	回北京	303
23	半挂坡	323
24	尾声	341

1
One

有星星的夜晚

1 One
有星星的夜晚

张大小姐从酩酊大醉中慢慢苏醒过来。她躺在床上,眼睛都没睁开,光靠嗅觉就知道她现在的物质环境已经远离了她那"起码四星级"的底线。她的第一感觉很准,此时自己应该置身于一个建筑简陋的地方招待所,这些地方的通病是下水做不好,总有一股阴沟味道。这是张大小姐苏醒后的第一个反应。

"唉。就这么一个拐弯的管道,能有多贵啊。就是不用。"

张大小姐闭着眼睛琢磨,她对建筑很了解,装修她的别墅时,包工头偷工减料,也在手盆和马桶下面安装了不拐弯的管道,被张大小姐发现,及时纠正了。能够把国外一丝不苟的工作精神和无微不至的工作态度带回中国来,这是张大小姐非常骄傲的一件事情。她对她的雇员、包工头、餐厅服务生说的口头禅是:"这要是在美国……"至今,还没有人还嘴,告诉她她在中国。大家都是转身以后嘀咕道:"瞧你那德行。"

尽管是在一个简陋的招待所,张大小姐浑身却有一种放松的舒服,很异常。她知道只要一睁眼,现实就会夺走她的舒适感。至于她怎么会一丝不挂地躺在这个招待所的床上,她还记不太清楚。这也是她不想睁眼的理由之一,她明确地感到有一只手扣在她的右乳房上,抓得不紧不松,她的乳头正好在两个手指中间,让她既感到一种松弛，同时又有点兴奋。如果张大小姐闭着眼睛就知道这手是谁的，她也许就再睡一会儿了。

但是她浑身的理智告诉她，她沦落了。她居然能光着身子在一破招待所，旁边还有一人，这人肯定是男的……想到这里，她强迫自己睁开眼睛，略微抬起头来。看见旁边酣睡着一个裸体男人。男人趴着，后脑勺对着她，留着一个很军人化的平头。男人很年轻，浑身明显的肌肉让张大小姐感到兴奋和害羞，特别是那个很翘、很有型的屁股。

张大小姐不想吵醒身边的肌肉男，因为她不知道这个人是谁。但是她记得和他做爱，是她很主动地去扯人家的衣服，她记得用牙把他白衬衫上的扣子咬掉，这个男人怒了，把她摁在床上，这正是她想要的，她希望这个男人在气愤中，非常粗暴地把她干了。她已经受够了她那大款老公的温柔，一句英文不会，做爱的时候还总是要问："达令（darling，亲爱的），这样好吗？"有一次，张大小姐发现他在做爱的时候偷偷看电脑屏幕上的股市。

毫无力量的爱已经不能给她带来满足。当时，她当然也是撒了点小酒疯，开始乱亲这个男人的胸，还咬了他。最后，张大小姐终于得逞了，这次是她和姜平分手以后干得最爽的一次。

1 One
有星星的夜晚

姜平,天哪。至少十五年了,张大小姐没有说过这个名字。谁想到,姜平会最终把她带到这个破招待所跟这么一个肌肉男孩疯狂做爱。

不过也只有姜平可以把她逼到这种地步。尽管他已经死了。

张大小姐的记忆开始回来了,破招待所的现实也非常清晰地展现在她的眼前:

她的香奈儿套装被扔在潮乎乎的水泥地上,高跟鞋也红底朝上了,还有她为了给姜平验尸特意穿的黑色意大利蕾丝配套文胸和内裤也扔在地上。

"我和第一个情人的最后一面。"早上穿衣服的时候她是这么想的。当然,每当她回忆起当初她和姜平的事情,她都有点情不自禁地性骚动。那个年代,张大小姐还是个什么都不懂的小姑娘。

张大小姐决定在不惊动身边这个男人的情况下偷偷溜走,她真的不需要跟他交换名片了。慢慢地,她把扣在乳房上的手抬起来,放在床上。她的本能让她注意到这只手的每个手指甲缝里都有细细的一条黑线。她蹑手蹑脚地从床上起来,匆忙地穿上衣服,抱上她的电脑包,轻轻地出门。关门前,她回头看了一眼那个还在睡觉的男孩——她的肌肉男情人,他在轻轻地打呼噜。张大小姐没再想什么,转身跑下楼。

当她看见自己的奔驰和无比忠诚的司机就在楼下候着时,她松了口气,拉开车门:"李师傅,我们回去吧。"

李师傅听见车门"砰"的一声关上,就开始上路了。车开起来,张大小姐立刻从自己大号的路易威登包里拿出化妆包,先是把已经卸了的眼线收拾干净,之后又扑了一层粉,最后拿出口红,香奈儿35号。补了妆,张大小姐觉得找回自己了。她顺了一下裙子:"该死,我忘了内裤了。"可这时候,奔驰已经从官厅水库招待所开出去二十分钟了。

张大小姐决定放弃内裤以后,找到一个舒服的坐姿,开始回顾这一周以来的奇怪经历。

一周前,张大小姐接到河北省公安厅的电话。

"你认识姜平吗?"

"认识,不过是很久以前了。"

"你最近见过他吗?"

"他回来了吗?我一直以为他在美国。"

"他回来了,你知道他回来干什么吗?"

1 One
有星星的夜晚

"我都不知道他回来了,我们至少十几年没联系过了。"

"你跟姜平什么关系啊?"

"我们以前是男女朋友,在美国,后来吹了。"

"上一次来往是什么时候?"

"十五年前,我们大吵了一架,分了手。之后就再也没见过了。"

对方停顿了几秒,可能是在判断张大小姐是否在说实话。

"那你能来辨认一下姜平的尸体吗?"

张大小姐没有跟任何人说她答应去辨认姜平的尸体,她跟家里说她在郊区开会,跟公司说她去看一幢山里的别墅。只有她的司机知道张大小姐上下一身黑,早上七点就出发奔张家口了。

到了张家口市公安局,接待她的并不是当地的公安人员,而是公安部国际合作局的一个老警官,听口音这老家伙英文应该不错。他彬彬有礼地给张大小姐倒了茶,和蔼地介绍说,很不好意思打扰她,但是死者的父母都已经过世,而死者身上只有一张和张大小姐合影的照片。说着,老警察就把照片递给了张大小姐。

她吃了一惊:"啊,这他还留着!"这是一张类似于"文革"时候结婚照的照片,黑白的。姜平穿着一套假军装,张大小姐梳着两根小辫子,像村姑一样。两人都在傻笑。"这是当年在他纽约的工作室里拍着玩儿的。"

"张女士有点思想准备吧，姜平是被乱刀砍死的。面部可能已经不大认得出来了。"老警官温柔地警告道。张大小姐顿时觉得两条腿像肉泥一样，一点力气都没有。

"必须去看吗？要不你们给我看照片。"

"还是去看一下吧，不然我们也不好下结论。"

"有香烟吗？"张大小姐问。她不抽烟，但是现在她需要一根。

三四个在座的警察都从口袋里掏出香烟，张大小姐看了一眼：都宝、中华、大前门、中南海。没一个外烟。张大小姐要了一根中南海点五，老警官替她点了，她站起来，假装振作地和几个警察一起走向停尸间。

进去以后，张大小姐发现房间是空的，她不明白地看着老警察。

"我们怕你受不了，所以把其他尸体都搬出去了。你准备好了吗？"

张大小姐勉强点点头。老警察向旁边一个警察示意了一下，一条白布帘子被拉开，后面一个不锈钢的停尸台上放着一具尸体，上面盖着一块白布。老警察看了张大小姐一眼，发现她的脸色越来越白，几乎没有什么血色了，老警察示意一个小警察过来准备搀扶一下，他自

1 One
有星星的夜晚

己主动地抓住张大小姐的左胳膊,像大夫要给小孩打针一样。

"没事,我们看一眼,你看你还认得不,没事儿的。"

"唰",警察把白布掀开,露出尸体的上半身。张大小姐顿时受不了了,她首先没想到被冰冻的尸体是蓝色的,其次,姜平的脸被砍掉了小一半,只有半张嘴和半个下巴,骨头都露在外头了。张大小姐突然觉得她的早饭已经冲到嗓子口,为了避免吐到自己的Louboutin(鲁布托)鞋上面,她突然往左弯腰,大叫一声,然后把早餐全部倒在了老警察的皮鞋上了。

之后她就蹲在地上,泣不成声。

警察们赶紧把尸体盖上,谁都没说什么。老警察蹲下来轻声问:"你能肯定是姜平吗?"张大小姐摇摇头,她确实很难确认。老警察想了想说:"那有什么方法能够确认死者是姜平呢?他身上有什么记号吗?"张大小姐这才想起姜平的文身,是在生殖器上,有三个很小的星。姜平曾经说:有星星的夜晚就是快乐的。但是她怎么能跟老警察说这些呢?正在她难以启齿的时候,老警察似乎明白了。

"揭开下半身。盖住伤口,再辨认一下。"

张大小姐在老警察的搀扶下,慢慢站起来。她看见了姜平的星星。这时候她发现所有警察都不好意思地转过身去了。是他们不好意思看生殖器，还是他们不好意思看一个女人看男人的生殖器？中国男人的羞耻感真是很奇怪。

"是姜平，我肯定。"张大小姐对老警察说。

"真的肯定吗？这对我们抓住凶手很重要的。"

"肯定。"

"那好，喝口热茶，压压惊吧。"

他们又回到了接待室，老警察给张大小姐倒了杯热茶。张大小姐对老警察颇有好感，想起刚才为了保护自己的红底鞋，可能把老警察的皮鞋彻底毁了。

"您穿几号的鞋？"

"不用了，这回去擦一擦还能穿。"

"我一定补您一双。看您脚大概42号吧。"

"真的不用了。"

"老同志，姜平这案子怎么回事情啊？"

"还没查清楚，所以我也不好多说。姜平在美国和一个犯罪团体搞在一起，帮他们做运输，经常跑国内。这次他本来打算弃暗投明的。结果没想到在我们见面之前就有人已经下了毒手。"

1 One
有星星的夜晚

"那姜平在哪里死的?"张大小姐问。

"在松山风景区内一个叫半挂坡的村里。"

"啊,半挂坡。"张大小姐有点吃惊。但是想了想还是决定不说什么了。

"张女士知道那里吗?"老警察一边给张大小姐的茶杯续水,一边漫不经心地问道。

"不知道,从来没听说过。"

她喝了口茶,之后站起来。

"吴处长,我还是早点回北京吧。"

"张女士来,而且这么肯定死者是姜平,这对我们破案是很大的帮助啊!感谢,感谢!我们派车送你回去吧。"

"不用了,我自己有车。"

"那我们派丁强送你回北京吧,路上如果想起什么线索,就告诉丁强好了。"

张大小姐看了一眼丁强,发现这个小警察很像她记忆中的姜平。这是巧合吗?她犹豫了一下,但还是应下来了。

"42号吧?我让丁警官给您把鞋带回来。"

"您太客气了,没必要。41号。"

回忆到这里,奔驰已经到了京承高速的收费站。

"肌肉男叫丁强。是警察。"张大小姐想到这里有点想笑,"不知道他多大了。但愿回去不会被处分吧。"想到这里,张大小姐有一点点内疚,但是很快就过去了,反正我这辈子不会再见到他了。

很快,奔驰已经从湖光中路的口出来了,外面是傍晚中的望京小区。张大小姐虽然失去了内裤,但是她又回到了自己熟悉的五星级现实中。

2
Two

约会之夜

2 Two
约会之夜

党小明不会说英文,但是他会说几句很关键的英文句子,而且发音很到位,让老外都觉得他这个连高中文凭都没有的孤儿是个有大智慧的商人。就比如,他会跟银行家说:Only stealth wealth is real wealth.(只有隐形财富才是真正的财富。)他还会说:Being Capitalist under Communist leadership is tricky business.(在共产党的领导下当资本家需要一些技巧。)更让人家对他有好感的是,他每次见到老外的开场白都是:You lost weight! (你瘦啦!)不像有些不会说话的中国大款,张口就是"你怎么又胖啦!"也就凭这几句英文和N多个亿美元,党小明在纽约很吃得开的。

这天中午党小明感觉不错,几个老乡来找他,因为他们碰到了一点麻烦。二十五年前,小明还在扒废铜线的时候,这几个老乡就已经发达了。如今,他们入股了一个金融项目,谁知道这个项目的老总有点来头,七搞八搞把几个老乡都搞成小股东了,钱被彻底绑架了。老乡觉得只有党小明才能摆平这件事情,愿意低价把金融公司股份出让给小明。

党小明约了几个老乡一起吃饭商量这件事情。他从来不下馆子,做过垃圾生意的人不到万不得已不会下馆子,太清楚外面餐馆里有些原材料简直就是垃圾。他的办公楼顶层是他请客的地方,他养了一个厨子,四川菜做得一流。好几次有人跟他抢这个厨子,他都砸钱把厨子留下了。

"钱能解决的问题都不是问题!"这也是党小明的口头禅,中文的。

老乡走了以后,党小明捧着一杯普洱茶站在大落地窗前面。他有点感慨:今天来吃饭的有一个出道很早的老乡,还上过央视。他记得很清楚在电视上看见过这个老乡。那时候他去纽约押货,住在唐人街一家中国餐厅的小储藏室里,只有一个14英寸的小电视,屏幕上都是雪花,他记得那里的中文台在重播央视的节目,他躺在木板上,盖着一床脏被子,透过雪花看见这老乡在央视接受访谈。他心里小有一种得意。但是他马上提醒自己,今天这买卖可能是捡了个漏,也可能是跳一坑里了。这事情怎么操作,党小明还要去拜访一下他的丈母娘,他自己还拿不定主意。丈母娘曾经嘱咐过他:"小明,在中国做事,还是要听党的领导!"

"妈,那是必须的,我本来就姓党嘛。"党小明这么回答他那高干丈母娘。

党小明姓党真的是他自己选的,他1970年生人,那时候的孤儿

2 Two
约会之夜

一旦送到福利院不是姓党，就是姓国。改革开放以后，孩子十八岁可以自己改名改姓。党小明没改，就一直姓党。福利院的老师告诉他，他大概是中华人民共和国第一批超生孩儿。

党小明从小就知道，没有比他身份更低微的公民了，他就是草根下面带出来的泥巴，连草根都不是。

"我跟您怎么着都行。我不上学了，当个学霸有什么用？什么人不能欺负我，我这么一个没爹没娘的？"他跟老范说。老范是做垃圾行业的，他不仅回收中国垃圾，改革开放初期还去美国把美国垃圾也拉回来处理。老范就是在垃圾场碰到党小明的，觉得这孩子很机灵，好学，在这小县城的垃圾场能有什么出路，不如带走。

"怎么样，跟我走吧？"老范问小明。那时候他们刚认识一天，老范还怕这孩子胆小，不敢离开家。

"行啊，什么时候走？"

就这样，党小明跟着老范做起了垃圾生意。那时候老范经常从美国运废铜线到中国，在农村找人把铜线的塑料皮扒了，里面的铜线回收，再炼成电解铜。党小明刚开始和其他人一起在垃圾场扒铜线，后来成了垃圾场的头儿，自己不扒了。再以后，他就管运输了，就那时候，他跟着老范去美国，买垃圾。每次老范都是坐飞机回来，而党小明却是坐垃圾船从海上漂回来。结果有一次，老范的飞机从天上掉下来了。等党小明的垃圾船漂到中国，他发现老范的垃圾帝国归他管了。

老范的垃圾帝国在党小明手里很快就变成了物资帝国，二十世纪九十年代初，他先是做了大量的电解铜期货，狠狠地发了一把。也做了一些铝锭，最后进口钢材，一举把老范留给他的垃圾帝国推为了十大民营企业之一。小明不仅把老范的垃圾帝国经营得不错，还非常机灵地娶了老范的独生女，以女婿的身份稳稳地坐牢了董事长的位子。别人都说党小明别有用心，但是老范的遗孀总是替他辩护，说他人好，对她女儿好。当然，后来党小明在纽约认识了张大小姐，两周后就在纽约跟张大小姐结婚了，实际上是犯了重婚罪的。老范的老婆和女儿都傻眼了，这个男人就这样偷走了老范的公司和她们娘儿俩的感情。但是母女俩敢怒不敢言，因为大家都在说党小明这回不得了了，要飞黄腾达了，他的新媳妇家里来头很大。党小明也算会做人，把范家人都送到美国，买了幢大豪宅，供养她们母女俩在那边好好活着。

自从娶了张大小姐，党小明连物资也不做了。所谓不做就是

2 Two
约会之夜

他自己不管了，下面这么多公司都找了职业管理人，法人都是"白手套"，真有什么事情，全是这些人的问题，牵连不到他党小明。因为牵连到他就牵连到张大小姐，牵连到张大小姐就牵连到她妈妈了，这绝对不行。

手机响了，打断了党小明在窗前的清静。

"党总，我们回来了。"

"去哪里了？"

"河北。"

"现在哪儿？"

"刚把张总送回家。"

"知道了。"

党小明把电话挂了。他皱着眉头走出办公室，这两件事情他最好马上都跟丈母娘商量一下。

张大小姐的家在东山墅，一个北京四环边上的别墅区。这栋别墅既不能体现党小明的财富，也不能显示张大小姐的社会地位。真的是很"stealth"（隐形）的一栋住宅。当然，也可以说，在东山墅就已经非常不隐形了。

与其他布满达芬奇家具的富豪别墅相比，东山墅41号真的太不一样了。整栋别墅只有一个颜色：灰。墙是浅灰的，沙发是深灰的，茶几是透明亚克力的。客厅里最浅的灰是那台三角钢琴，张大小姐特意让Steinway（施坦威）调色，专门为她喷出来的灰。卧室也是灰色的，床是灰的，床上用品也是灰的，连床头灯都是灰的，只有床头灯的罩子是白的，因为如果是灰的就不透亮了。张大小姐起初为自己这灰色设计感到很骄傲，可是谁知道刚装完，就有一个狗屁时尚编辑出了一本书叫《高级灰》，之后所有人都以为张大小姐是根据那本书做的装修。前两年又有一本美国畅销书叫《50度灰》，这名字基本上是形容张大小姐和党小明的家啊！可惜这大宅子里的性生活远远比不了《50度灰》。那也挡不住张大小姐那些脑残女友追着她问："姐，你跟党哥是不是也玩那SM（性虐恋）啊？"

真他妈见鬼！

认识党小明的那天是张大小姐一生中最悲摧的一天，前一天，姜平因为砸了一个画廊的玻璃被警察抓走了，张大小姐在雨里从纽约东村走到她妈妈下榻的58街普拉扎（Plaza）酒店，进门就倒下了。张燕妈妈吓坏了，她就这么一个女儿，而且已经怀孕了。也许

2 Two
约会之夜

这次她真的做得有点过分。她赶紧给党小明打电话,让他在纽约安排人,送她女儿去医院,然后又毫不客气地、命令式地要党小明马上飞过来替她照顾女儿。

"我明天有公务,马上要去华盛顿了,你过来照顾她,必须来!马上!"王春英几乎有点歇斯底里了。

"首长您别着急,我肯定过来,我已经到机场了。"

"你别蒙我!"

"真的,真的,本来要去广州办事,我现在就买票去纽约。您放心,这事情我一定办好。"

张大小姐对那天的记忆已经很模糊了,她记得躺在担架车上被推进 New York-Presbyterian(纽约长老会)医院时有人在旁边喊:枪杀!枪杀!紧跟着,旁边躺着一个浑身是血的黑人的担架车好像F1赛车一样从她身边飞驰而过,那时候她妈妈似乎还在身边。

等张大小姐在医院里醒来,她身边坐着一个不认识的男人,正在仰头、张着嘴打鼾。她的第一印象是,这个男人牙好黄呀,不看牙医吗?党小明赶到纽约,只跟公司和家人说有急事。他在家里老板派头还是蛮大的,不会有人相信,他还能飞到纽约来做首长女儿的保姆。

之后两天，张大小姐受到党小明无微不至的照顾，他四十八小时守着张大小姐。大小姐睁眼要喝豆浆，小明就钻进七号地铁，从法拉新端回来正宗的豆浆和油条；张大小姐伤心哭鼻子，党小明就五音不全地给她唱歌，一直到把她唱乐了；张大小姐问姜平怎么样了，有没有消息，他就装傻，说自己就是首长派来的男护士，其他都不知道；张大小姐说病房有医院味道，他就跑出去，把香水一样一瓶买回来让张大小姐挑。

买回来六十几瓶香水是在住院的最后一天，张大小姐真的被感动了，抱着党小明痛哭，一句话也没说。最后抬起头来看着党小明说：我叫Amy，你别叫我大小姐了。

之后那两个星期，张大小姐和党小明似乎一起过了一个没有性生活的蜜月。他们所有的高潮都来自购物，而纽约又是能让你物欲横流、一次接着一次高潮的城市。之前张大小姐对物质的嗜好一方面被姜平的愤世嫉俗给管住了，她那时候觉得贪图物质真是太低俗了；另外一方面，自从和家里闹翻了，她只能靠教中文养活自己，姜平是个没出道的艺术家，靠在唐人街端盘子挣钱，两个爱得死去活来的穷光蛋，从来不逛街，唯一奢侈的事就是去汀恩德鲁卡（Dean &

2 Two
约会之夜

Deluca）买瓶红酒喝。每次张大小姐想买衣服，都被姜平拉回家，脱光了衣服给他当裸体模特，边画边嘀咕：穿什么衣服，就这样才是最美的。买再贵的衣服我也给烧了，不让穿……说着画着，两人就开始做爱了。后来，张大小姐还时不时想起那些裸体的画，可惜一件都没有留下来。她不知道去哪里了。刚开始，她有点惋惜。多年以后，她当了国内公关第一人以后，开始后怕，万一这画在市场上出现该多尴尬啊，不会被人认出来吧。想到这里，张大小姐自己会笑出来：姜平笔下的女人比毕加索和德·库宁的更惨，没人会认得出来。

  当年，为了让张大小姐开心，党小明施行了买买买攻略。刚开始，张大小姐死也不愿意花党小明的钱，党小明就让张大小姐给他挑衣服。

  "你别去买西装了，先去把牙洗了吧！"

  这对党小明是一个大挑战，他这辈子还没进过牙医诊所，但是为了讨张大小姐高兴，也只好硬着头皮去了。他对牙医的恐惧几乎是与生俱来的，当工具吱吱地开始工作，也不知道是害怕还是委屈，这二十好几的党小明居然开始号啕大哭，哭得特别伤心，而且根本停不下来，就好像他要把福利院的苦、垃圾场的苦，把这一辈子的心酸和艰苦都在这个牙医诊所哭出来。他哭得快岔了气，吓得张大小姐只好坐在旁边握着他的手，劝他别哭了，怕他哭得老在晃动，医生也无法下手。不管他怎么哭，张大小姐还是顽固地把他一次又一次地押到牙医的椅子上，洗牙、补牙、美白，最后一次还让他戴上一个牙套。

"这个太难受啦，大小姐！能不能让那个老外给摘下来啊？"党小明一副受虐的表情，把张大小姐乐得直不起腰来。

"党总，你的牙不是黄的就是歪的好吗？"张大小姐掏出X光片，冲着太阳举着，"你自己看看这片子，牙根在十二点，牙都跑到两点去了。"

党小明对张大小姐的好感就是在牙医诊所开始的。

看过牙医之后，张大小姐和党小明就像发了疯一样开始购物，只有天知道，纽约那位可怜的牙医可以再收一份心理医生的钱。

张大小姐从来没买得那么爽过。第一，她从小的教育还是比较严格的，绝对不允许这么挥霍；第二，她本人比较文艺范儿，多少有点看不上挥金如土的土豪；第三就是她和姜平的关系。那之后，张大小姐像变了一个人，在党小明的怂恿下，她横扫了苏荷区（SOHO）、第五大道和麦迪逊大道上的所有精品店。

2 Two
约会之夜

一周以后,张大小姐光着身子钻进了党小明的被窝,把这个天不怕地不怕的孤儿企业家给吓傻了,一切都由张大小姐搞定了。

第二天,党小明推说要去唐人街看个朋友,跑到街上给张燕妈妈打了一个电话。

"我们俩昨天晚上……那个那个,首长,是大小姐主动的。"党小明战战兢兢地说。

"你俩发生关系了?"电话那头的老太婆似乎一点不惊讶,"很好啊,小党,我很高兴有你这样的女婿!"

"首长,我这不是、这不是有家属吗……"

"离呗!"老太太的口气里有些威胁的味道,"你离婚啊,我不在乎你是二婚,你在乎什么啊?!"

"……"

"喂!喂喂喂!党小明你听见没有?"没等党小明说话,老太太就下命令了,"你今天必须向张燕——Amy 求婚。你都跟她发生关系了,还想不负责任吗?我怎么知道是她主动?哼!"

党小明还在想怎么应答的时候,张燕妈妈已经把电话挂了。

十几年来,党小明和张燕这对夫妻在外面是特别光鲜,一个是成功企业家,一个是高干子女、中国公关第一人,天仙配。然而,只有这两个人知道，他们的大灰房子有时候可以冷得跟停尸间差不多。为了缓解两个人越来越枯竭的关系，张大小姐提议每周三是 Date Night（约会之夜），党小明必须给张大小姐买礼物、送花，两人必须在家烛光晚宴，之后上床做爱。这个制度已经执行两年了，党小明一到周三就度日如年，礼物、花、晚宴都没问题，就是他看见张大小姐一点都不来劲，而张大小姐这时候没有半点主动，僵尸一样。

就在这个节骨眼上，这河北公安怎么让张大小姐跑去辨认姜平的尸体呢！党小明在回家的车里发愁，他很清楚自己的婚姻已经经不起这种打击了。车到了东山墅大门口突然停了下来。

"怎么不进去啊？"党小明问。车门开了，是党小明的秘书，捧着一束花和一个卡地亚的红盒子，有点腼腆地说："党总，今天周三，Date Night。"

3
Three

审 问

3 Three
审问

丁强真的受不了会议室里的寂静,他快疯了。公安部国际刑警中心的老陈和他已经在会议室里待了五个钟头。他已经把送张大小姐回城的过程讲了八遍。丁强知道他犯了大忌,哪听说过送辨认人送上床的?!其实他已经被开除了,但是不知道为什么,派出所所长又让他来北京。丁强以为老陈要帮他恢复原职,他就匆忙赶来了。谁想到是要审问他,这时候,丁强死的心都有。

"你再给我从头说一遍。"老陈点了一根烟。

丁强沮丧地望着他说:"领导,您别让我再说了,您抽我一顿吧。然后我自己辞职。"

"开除你有什么用。再给我说一遍。"

"是!"丁强"腾"的一下从椅子上站起来。说就说,他心想,反正我也无所谓了,让你这死老头子今天耳朵过瘾过够。

"星期二,六月十二日。上午十一点,我送张燕坐她的车回北京。车号京A12888……"

"得得得,你就说发生了什么,把车号这些都给我省了。"

"是!车刚上了张京高速,张燕就哭了,开始很小声,之后就变成了鬼哭狼嚎,可伤心了。她一边哭,一边说我长得像他。刚开始我还没明白,后来才知道,她说我长得像逃犯姜平。"

"这时候你们有什么肉体接触吗?"

"没有!这时候我只是给她递了一包纸巾,因为她哭得很厉害。后来她一直哭,我怕她岔气儿,建议司机下高速去买点水和面包什么的。"

丁强自己喝了口水。

"我们下了高速正好是官厅水库旁边,张燕说她饿了,说官厅水库的鱼好吃,要在这里吃午饭。我们就在张燕选中的官厅水库招待所餐厅吃饭。坐下来以后,张燕要我请客,她说她跑到河北来是帮河北省公安厅办事情,我们什么表示都没有,说您也没留她吃饭。她还说,看您那样子就是公安里面的老油子。"

老陈"哼"了一声:"接着说。"

"我兜里只有三百块,她点的鱼都很贵,那个司机还点了个鸭子。再说我也不知道能不能报销。我怕钱不够就没说话。但是张燕不肯,非逼问我是不是请客,最后我只好说请。菜上来之后,张燕又开始哭了,她说她很多年前去过半挂坡,是和姜平一起去的。回北京的路上,也在这家餐厅吃过鱼。说着说着她就说要喝酒,然后要了一瓶五粮液,司机说开车不能喝,她就非让我陪她喝。我就喝了。那司机吃完饭就去车里睡觉去了。就剩下我和张燕在餐厅里了。"

3 Three
审问

"你一点儿没拒绝？"

"开始拒绝来着，可是张燕已经有点醉了，她非拿酒灌我，我穿着制服，她穿得那样，把酒往我嘴里倒，我觉得影响不好，所以就自己喝了。我觉得我酒量很好，不会醉的，还真没想到她酒量比我还行。"

"喝了多少？"

"一瓶半吧。后来我俩都醉了，她还是使劲儿说我长得跟姜平一样，说我眼睛像他，眼神也像。说我挺善良的。她还说我胳膊上的肌肉像，她说姜平是做雕塑的，所以胳膊特别有力气，她要摸我胳膊，我就让她摸了。"

"她还要摸什么？"

"她要摸我眼睛，因为我眼睛最像姜平。我也让她摸了，领导。"

"嗯，接着说。"

"她越喝越不行了，就吐了。然后她说她不能坐车，因为她不能吐奔驰里面。所以就要开个房间。这时候，我就去结账。领导，那鱼也太贵了，八百块钱一条，没什么好吃的，都他妈是刺儿，那张燕还要生吃，满嘴土味。刚才已经说了，我就三百块，我跟餐厅老板怎么说他也不让我赊账，还说你一小警察，还是张北的，跑官厅水库来赊账,他挤对我来着。我说把工作证给留下,他都没干。后来还是张燕过来把钱付了,还租了那个招待所最好的一个套间儿。"

"那你为什么要跟她一起上楼啊?"

"领导,我说您也不信,但是张燕真的喝得烂醉,我不搀扶着她,她肯定摔死。"

"摔死?"

"不摔死,也摔伤吧。那餐厅地上都是油,挺滑的。"

"好,接着说。"

"我把她搀扶到房间里,她还是说我长得像姜平,她说她要看看我除了眼睛、胳膊像,浑身还有哪里像姜平。领导,我真没听过女的这么说话的。领导,真的。我都脸红了,就往门外走。张燕根本不放我,开始拽我裤腰,一边拽,一边解我的裤带,我真没见识过这种女的,还说英文,什么来米西、来米西……"

"是Let me see, Let me see. 英文'让我看看'的意思。"

"多害臊啊,领导,您说这中国女的学了英文是不是就不知道害臊啦?怎么能拽男人的裤子呢!我们张北的女流氓、妓女都不敢这样。我裤子就活生生地被她拽下来了,在我提裤子的时候,张燕

3 Three
审问

就把她那挺好看的黑外套脱了,然后开始解自己衬衫扣子。"

"那你这时候为什么不赶紧走?"

"领导,我也是个男的,那时候我已经看见她衬衫里面的奶子了。"

"说乳房,不要说奶子。"

"啊,我看见她乳房了。领导,看见的时候,也的确有点儿冲动。我当时想,我再看一眼就走。她都把我裤子拽掉了,我就不能看她乳房一眼?谁知道她把衬衫脱了就扑过来了,还问我她的奶子,不是,是乳房,好看不好看,大不大。然后她就把我推到床上,用她的乳房在我脸上蹭来蹭去,她还叫我姜平,我想当时她有点错觉。"

"你呢,你把她推开冲出去啊!"

"领导,我也有过女朋友,也干过那事儿。但是没这么干的,这海归都在外国学什么了,真跟那些电影里的女的一样。我不怕您笑话,我没见过这样的。太凶猛了,我以为她要闷死我。闷死就好了,您也不用审我了。"丁强觉得自己有点激动,说实话,自从这事发生之后,他只要想起张大小姐就有点性冲动。有时候,他都觉得自己可以一丝不动地想张大小姐想到性高潮。

"接着说。"老陈不动声色地说。

丁强叹口气，喝了口水。

"后来她开始亲我，把她舌头往我嘴里塞，她的手已经伸到我裤子里头去了。我实在忍不住了，就将计就计了。"

"你怎么将计就计的啊？这已经说了七八遍了，怎么还是这句话？"

"那怎么说啊？"丁强很为难地问。

"我告儿你，小丁，"老陈把椅子挪到丁强跟前，把自己的脸靠近丁强，近到两个鼻子尖中间最多能放一根手指头，"咱公安的规矩你是犯了，但你要是能证明不是你勾引张燕，说不定你不用进去。"

"啊？"丁强被吓着了，他原来认为最多开除，怎么会进去，"我肯定是被动的，领导。为什么我会进去？"

"因为这个案子涉及的范围很广，要保证你不是坏人派来搞破坏的。明白吗？现在涉及的是个国际大案子，而且是我们和美国警方配合的第一个案子。要很慎重。你倒好，把辨认人给睡了。"老陈站起来，点燃了最后一支香烟。

"是她睡我，领导。"

"那你就说，她怎么睡你的？"

3 Three
审问

"好吧。"丁强想了想,"领导,我家张北是买卖牲口的地方,内蒙古那边经常有些小马驹拉过来的时候还没驯好。我在老家的时候经常帮着卖牲口的驯马。小马驹刚开始都不让上身,使劲尥蹶子,你得找到它的节奏感,它往上你也往上,然后在它腿放下来的前几秒你先压下来,这么着搞个二十个来回,你和马驹就跟一个身子似的,那时候这小马驹就是你的了。让我们说就是赶趟了。这时候骑出去遛一圈可爽了。"说到这里丁强倒抽了口气,好像又回到了张北的草原。他停了一下,看着老陈说:"其实,我和张燕就是互相驯了一个小马驹。"

老陈上下打量着这个张北的小伙子,他没想到80后里还有这么害羞的。"也就是远离城市的地方,还有这样的年轻人。"城里的男孩子,把自己睡过的女孩当战果一样拿出来炫耀,什么话都敢说。老陈已经听惯了。他对这个丁强印象越来越好了。

"过来,小丁,"他打开门,"我们去散步,说点事情。"

"您不再审我啦?"

"那不是审,就是了解一下情况。"

一老一少走出会议室,这时候已经晚上八点多了,天都黑了。丁强迈出房间,终于喘了口粗气。

老陈和丁强这天都着便衣,走在人群中很容易被误认为是爷儿俩。

"小丁,按规定只要不是你主动,就没有什么大事,知道吗?所以我得让你多讲几遍。要保证故事一致。到时候,河北地方公安会问你,你就这么说好了。听明白了吗?"

丁强感激地点点头。

"但这也是要开除的,知道吗?"

丁强立刻又把头低下,眼睛盯着马路:"开就开吧。我回家开饭馆去。"

"但是没有规定说警察和辨认人不能谈恋爱。也就是说,你和张燕如果互相有好感,这是不违规的。只是你们'先结婚,后恋爱'了。"

"领导,张燕那样的人,不会爱我这样的人。"丁强很实际地说。

"那如果我需要你去跟她谈恋爱呢?"老陈说。

"需要?"丁强不解地望着这个北京来的领导。

"是。"老陈到处找烟,发现最后一包抽完了。他一转身,发现丁强已经在旁边一个烟摊上给自己买了一包中华。

3 Three
审问

"这儿没中南海，"丁强一边给老陈点烟一边说，"您就凑合先抽这个吧，都说这好抽。"

老陈心想，这孩子很乖巧，可以培养。于是决定跟他稍微交点儿底。

"把你调来不是要惩罚你，是要用你。姜平这个案子有点复杂，张燕十几年前是姜平的女友，两人差点结婚。分手以后，姜平和一些走私犯勾搭上了，还贩卖毒品。两周前我接到姜平的消息说要来自首，还有情报给我。本来我们约好在他死的那个村庄接头的，谁想到等我到那里他已经被砍死啦。"

"那谁杀的他？"

"这就是咱们要破的案啊。"

"那张燕？"

"我本来认为张燕跟这些没什么关系，她现在是京城名媛，老公也是民营企业里数一数二的老板了。不会跟姜平再搞在一起的。但是你刚才说她知道半挂坡让我有点怀疑她，我问她的时候，她说她不知道这个地方。"

"如果他俩没联系，你为什么找张燕来辨认尸体呢？"

老陈狠狠吸了一口烟："我们在姜平的裤兜里发现了一张纸

条，上面有个电话号码，是张燕的。"

"所以您觉得他俩还有联系？"丁强问。他心里不知道为什么有点小难受，他希望张燕和姜平早就一刀两断了。

"我不敢肯定，所以需要你去帮我打听清楚。"老陈拍了拍丁强的肩膀。

"我？"丁强有点吃惊，"那……那件事情……怎么办？"

"那件事情我去给你摆平，就算是你帮我执行任务。"老陈又拍拍丁强的肩膀，这次丁强觉得这老头儿手还挺重的，"你帮我从张燕那里再套点东西出来。其他事情我跟你们所长处理。"

"那我以后就是国际刑警队的人啦？"因祸得福的喜悦让丁强乐得快跳起来了。

"小声点！"老陈提醒他，"你回去吧，整理一下东西，可能要在北京待一阵子。"

"好的！"丁强觉得他又是警察了，这回还升格了，小伙子下意识地开始整理自己的衣服，"那领导，我就先走了。明天准时来办公室跟您报到。"

丁强走了以后，老陈一个人低着头往办公室走。已经晚上十点

3 Three
审问

了,街上人不多。对老陈来说回家没什么意义,老婆跟他离婚了,孩子们也都大了,自己成家了,回家也就是他一个人。干脆,他决定回办公室再把档案看一遍。

这次绝对不能再有任何疏忽了。十五年前,老陈曾经调查过另外一起走私案,案情也牵涉到了一个干部子弟,当时老陈还年轻,气盛,要强,不管不顾地一定要查到底,结果是他被调离这个案子,而且被冷冻整整八年,基本上就是一个仓库管理员。直到两年前,一个偶然的机会,接待国际刑警来访的翻译临时生病了,这才给了老陈出头的机会。

老陈被调到国际刑警中心后格外小心,国外过来的案子他都交给他的上司,领导说调查,他就调查。领导不吭声,他就当作什么都没有。姜平的案子领导让他去河北找姜平谈一下,写个报告再说。老陈回来说姜平已经死了,领导并没有让他继续调查,而是让他结案,写个报告交给国际刑警就完了。可是国际刑警的资料中说姜平一直在一家叫作"八九十中餐"的饭馆里做事,而且住址都是在这个餐厅的地下室。老陈立刻想起了十几年前的案子,里面也提到过八九十餐厅,这个餐厅的投资人之一就是一个高干的孩子,老陈坚信追查那个案子是他十年前倒霉的原因。

"这次我不会犯同样的错误啦，"老陈看着档案自言自语道，"我这次也当幕后操手，让那个河北小警察当枪去。"老陈对自己的阴险布局很满意，倒霉了这么多年，他还是学了不少东西的——首先就是，要干大事先要找一个替死鬼。

"有你的快递！"

老陈被门口收发室的小孩叫醒，昨天晚上他趴在桌子上睡着了。

"几点了？"他问收发室的小孩。

"七点半。"孩子说完把一个盒子扔在老陈的桌子上，转身就走了。

老陈在洗手间简单刷牙洗脸，回到办公室冲了一杯速溶咖啡，然后他很谨慎地把桌子上的盒子打开——41号的Gucci（古驰）皮鞋，黑色的。

老陈微微地笑了。

4
Four

惊恐偶遇

4 Four
惊恐偶遇

在朝阳公园偶遇了丁强以后,张大小姐回家就犯哮喘病了。

其实那天,张大小姐一直很高兴,弘扬公关签了两个大合同,为两个国企在美国做公关策划咨询。有了这两个合同,弘扬公关的营业额今年又翻了两番。弘扬公关是国内本土公关公司中数一数二的,但是没有4A公司名气大,钱可比那些公司赚得多。圈里人都清楚,4A公司有国际名牌客户,但是实际上这些名牌没多少钱,还特别难伺候。公关公司就是拿他们赚吆喝,真的赚钱还是要有大国企,或者快速消费品客户。弘扬公关这几年真是赚得手发软,但是名声却没什么,这倒是符合了党小明赚钱的原则,要隐形财富,闷声发财嘛!

张大小姐每次带着提案去国企比稿都可以把竞争对手甩出好几条街。就比如等候这个过程吧,乙方公司不管谁出面,一般都在一个会议室里候着。只要张大小姐亲自出马,她是在董事长办公室等着,而且董事长还陪她寒暄。当然,两个人不会谈及关于比稿的问题,就是瞎聊天。董事长们开口闭口都是问候张大小姐的母亲:"首长好吗?""首长最近忙吗?""首长身体好吧?"等等。

张大小姐的优势还从各种称呼上表现出来,别的公关公司都以"总"为称呼,张大小姐是以"叔叔、伯伯"为称。听说有一次一个竞争对手听见她问："张叔叔在吗？"

"您是问张董事长吗？"秘书回答道。

"对的，你就告诉他小燕子到了，他知道的。"

据说竞争对手感叹了一句"我靠"，直接抱着提案走了。

这些都是圈里人关于张大小姐的传说。

刚开始，张大小姐有点不习惯。在美国的大学里，她那些左翼知识分子教授向她灌输了很多反对权威的思想。她是新闻系毕业的，曾几何时，坚信自己的事业是调查记者，专门曝光事情的真相，把坏人揪出来。她知道她妈妈就是教授说的权威的象征，她也想过，如果不想和母亲作对，最好留在美国，和母亲保持距离，过自己的日子，靠自己养活自己。这个计划随着姜平事件彻底崩溃了，因为姜平一出事，张大小姐的精神世界就塌了。她唯一的选择就是回到妈妈的怀抱。"我没那么强大，"在回国的飞机上，她对自己说，"我也没必要那么强大。我只是一个小姑娘。"

公司成立的第一年，也是张大小姐回国后的第二年，如果客户用很委婉的方式提醒她她妈妈的重要性，她还是有一点不舒服的。上大学的时候，她最爱的布鲁诺教授曾经教导她：一个年轻人如果没有改变世界的理想，可能就是没有良心的年轻人。那时候，张大

4 Four
惊恐偶遇

小姐的理想是去当调查记者,她要用自己的笔去揭露这个世界对弱者的不公,让世界变得更美好。这种想法被她妈妈笑话了,她说这美国教授没告诉你下半句话:一个人如果到三十岁还认为能改变世界,那这个人肯定没脑子。张大小姐很生气,觉得母亲就是不支持她的理想。

弘扬公关的创意,说实话,是业内非常好的。这是因为张大小姐有个秘密武器——弘扬的创意总监Roger Haris。Roger是张燕的大学同学,她的男闺密、蓝颜知己。大学时期的张大小姐是一朵壁花,当同学们谈恋爱下酒吧的时候,她一个人在图书馆里做功课。张大小姐上的文理学院在东海岸一个颓废的工业城市,这所私立学院的奢华校园和周围的环境格格不入。有一次,张大小姐半夜从图书馆回宿舍,听见树林里有人在呻吟,跑过去发现一个穿着女装的学生躺在草地上,满脸是血,腿也明显被打断了,一根粗木棍茬子还扎在小腿上。张大小姐搀着"她"去了学校医务室。第二天早上,张大小姐才知道那不是一个女生,而是一个男士,叫Roger。这以后,Roger和张大小姐成了好朋友。Roger告诉张大小姐,他从三岁开始就喜欢穿裙子,但是他父亲是个美国军人,根本不能接受自己的儿子是同性恋,所以他就一直跟着他的姥姥住。Roger到了学校以后，偶尔喜欢穿着裙子去小镇的酒吧喝酒，因为他穿上裙子是一个很迷人的姑娘，酒吧里的男人会跟他搭讪。当然，Roger很享受这种小骗局，可是那天晚上，那个男人发现Roger是个男生，恼羞成怒外加上摄入很多酒精，就把Roger往死里打了一顿。校医说如果张大小姐没及时把他送过来，说不定他那条腿就瘸了。

　　这事情让张燕妈妈百思不解，一个在中国传统教育下长大的中国姑娘怎么和一个外国男同性恋搞得火热。说老实话，张燕妈妈还担心她的宝贝闺女会不会染上艾滋病。为这个事情，母女俩没少吵架，张大小姐不敢相信她那个高级干部的妈，居然如此无知。美国人的政治正确似乎在张大小姐思想中还是很根深蒂固的，至今她对国人的各种政治不正确的表现很看不惯。这也是为什么Roger一直是弘扬公关的秘密武器，张大小姐从来不带创意总监参加比稿，特别是和国企。为这事，Roger还有点不开心，觉得张大小姐把他的功劳吞了。这真的冤枉张大小姐，因为她的确是为了保护这个想穿着一身粉红色西装去见中海油老总的弘扬公关创意总监，嗯，Roger连指甲也染好了。但是最近几次奢侈品比稿张大小姐也没带Roger，这是她的自我保护行为，怕这些品牌挖走Roger。这点，张燕知道自己是自私的，也小有自责。

4 Four
惊恐偶遇

哮喘发作那天还发生了一件事情。

那天下午,张大小姐一进家门差点被一股浓浓的香奈儿5号给呛出去。

"张姐回来啦?"张燕看见在她灰色的客厅里一个桃红色的女人正在跟她老公聊天。不可思议的是这个桃红女人还在给自己修长的腿抹护肤霜。不过张燕已经习惯了,中国的时尚达人都是这样,不秀会死的。

"孟主编今天怎么来啦?"

"求姐夫帮我忙呗,我这么没本事的小女子,要想干成事情还不是得你们这些大人物帮忙。"

"没那么夸张吧,你多了不起,我这几个奢侈品客户还都是你给介绍的。"

"姐,你有什么事情就吩咐。"孟主编站起来,用她的脸蛋轻轻地贴了一下张大小姐的脸蛋,先右后左。标准的时尚空气吻。

"他能帮你办什么事情啊?"张大小姐指着党小明说,"他又不时尚,到今天还把Prada(普拉达)说成Panda(熊猫)。"

"党总帮我大忙了,我那慈善晚宴需要党总这样的大款捧场,这不我求他包一桌,他一下子包了五桌。"

"不是我一个人包的，"党小明很得意地说，"我给同乡会的几个老总打了电话，他们都一口答应了。大概都想看看首长吧。"

"是啊，"孟主编马上接上话茬，"姐，咱妈能来吗？哦，我是说首长得来吧。"

"我不知道，没说去。"张大小姐很明白这里面的利害关系，她还是对她老公拿她妈做交易感到不太舒服，"再说，你们那么商业的活动，我妈去不方便。"

"不是商业活动，"孟主编急忙纠正，"是慈善活动！我们所有拍卖收入都捐给慈善机构的。"

"你拍卖的都是奢侈品，真的不合适，你饶了我吧。"

"一桌席是我包的，妈就去坐一会儿，也算是支持慈善活动吧。"党小明打圆场道。

"那你去跟妈说，"张大小姐有点烦，"反正她只听你的，不听我的。"

"党总，你真是好女婿！"孟主编这句话听起来有点变调。

张大小姐突然想起Roger曾经提醒她："You watch that little vixen, she wants something of yours."（当心那个狐狸精，她想要你的东西。）

4 Four
惊恐偶遇

也许是吧,但是Roger太不了解中国人了,党小明和孟主编只是调情、过嘴瘾,不会动真的上床。党小明很明白的。Roger跟张燕说,她太不懂男人了。有些时候他们是管不住自己的,Roger说他最清楚,因为他骨子里既是男的也是女的。

无论如何,张大小姐今天是高兴的,她不要去想这些事情。再说,她还是很喜欢这个孟主编组织的时尚派对的。有时候,她想起当年做大学壁花的情景,还是感觉挺好的。她喜欢穿漂亮衣服,喜欢打扮得很漂亮总是被安排在头桌。她喜欢隐约听到陌生人打听她的身份和名字。她真的不是壁花了,她已经成为鲜花了。

"姐,"孟主编又转向张燕,"你就跟咱妈说一下吧。"

"你今年捐东西的奢侈品都有哪些啊?"

"大牌都有,卡地亚捐了一条项链……"

"高级珠宝吗?"

"姐,别开玩笑了,那些价值连城,但是咱们这个也是最好最好的。"

"多少克拉?"

"姐,钻是有的,但是不大,碎钻。"孟主编突然从自己的桃红Birkin(爱马仕旗下系列包款)里拿出一个文件,"姐,这是所有捐的东西,你挑吧。我给你留着,你让姐夫给你拍回来就是了。"

"我们也要举牌啊?"张大小姐假装吃惊地问。

"姐,别闹了。"孟主编抱着张大小姐的胳膊撒娇道,"牌子你随便举,钱还是老规矩,爱给多少给多少。"

"你给哪个基金会?"

"未来工程。"

"那可是妈多年前亲自设立的基金会,"党小明说,"所以她老人家露面是很顺当的,就让未来工程的人去请咱妈就可以了。"

这种小交易已经很多年了,连张大小姐都很佩服孟主编想出来的这个完美买卖,奢侈品捐产品拍卖给中国大款,中国大款把拍下来的奢侈品送给坐在自己身边的女明星,拍卖价格商量好要高于零售价,付款的时候随意。这买卖可以说是赢赢赢赢的买卖,奢侈品得到宣传,大款得到明星,编辑部得到利润,而慈善机构也还是能拿到钱的。以前这种不透明的交易会让张大小姐难受,就是那个壁花的张大小姐,那个想要去非洲挽救孩子的女学生。有时候张大小姐都不知道她什么时候就变了。

门铃响了,保姆打开门过来说:"大小姐,您要的花和植物送来

4 Four
惊恐偶遇

了。"孟主编借此机会告辞了,张燕忙着安排植物摆放,草草说了句"再见",但是忙乱中,她隐约看见党小明抓了一下孟主编的手。张大小姐假装没事,继续把绿植安排在大灰别墅的各个位置。

等植物安排完,张大小姐就用了整整二十七分钟去琢磨她到底看见了什么。她发现她居然醋劲上来了,她要去质问这个党小明到底在外面干了什么好事。

党小明一个人在客厅喝茶,突然看见自己老婆冲着他过来了。

"你跟这姓孟的到底什么关系?"她气冲冲地问党小明。

"你太可笑了,"党小明笑着说,"什么关系你还不清楚,买卖关系啊。"

"少来!"党小明的不在乎刺激了张大小姐,她居然吼起来。

党小明为了缓和气氛,走过去抱张大小姐,被一把推开。这时候他很知趣地走开了。张大小姐一个人愣在那里,突然转身奔向卧室,党小明以为张大小姐要去翻他东西,有点不放心,就跟着走向卧室。谁知道张大小姐居然换了一身运动服,戴着耳塞,听着音乐,准备去跑步了。出来的时候狠狠地撞了党小明一下。

北京天儿好的时候,朝阳公园跑步的人还真不少。据说是哪位领导去了纽约,觉得中央公园太好了,回来以后,北京就有了朝阳公园。和中央公园一样,围着朝阳公园的都是北京最贵的住宅楼。而东山墅是离朝阳公园最近的别墅了。张大小姐的私人教练跟她说,跑步能让人脑袋清醒,血液循环起来,供氧足了,事情就能想清楚了。

张大小姐围着湖跑到第三圈就把事情想清楚了,她觉得自己有点可笑,她比谁都清楚,对这个老公,她从来没有特别动情,怎么会突然吃醋呢?何况自己似乎最近也不是很乖。党小明最大的好处是永远会原谅她,也许因为他很多事情靠这个家庭,具体说靠她妈妈,所以他不敢乱来的。以前每次吵架之后,党小明都会当作没发生一样,而到了Date Night,他会买一份比一般更贵一点的礼物。

"其实我这老公也挺不容易的。"张大小姐终于缓过来了。

"张燕、张燕!"张大小姐似乎听见有人叫她,她没理睬,一直到丁强跑到她跟前说,"你跑得还挺快的!"

张大小姐毫无思想准备,这个小警察会在离她住所一公里的地方出现。她刚刚平静下来的心情被彻底颠覆了。她觉得有点岔气儿,她脑子里闪过一百个可能性:他来找我?他爱上我了?他来敲诈我?怎么办?这是偶遇还是他一直盯着我?党小明知道了怎么办?妈妈知道了怎么办?别人知道了怎么办?大家都知道了怎么办?媒体知道了

4 Four
惊恐偶遇

怎么办？网络上传开了怎么办？张大小姐突然觉得她已经陷入了完全属于她自己的公关危机。她突然感到焦虑、恐惧，甚至大难临头。这些问题都让张大小姐感到非常恐惧，她只当不认识丁强，快速跑出公园。谢天谢地，她的奔驰车就在外面等着她。车缓缓开往东山墅的时候，张大小姐看见丁强还在追……这个场景她见过，就是她最后一次在纽约看见姜平。

在车里，张大小姐已经把她可能失去的想了一个遍，这件事张扬出去，公司会有问题，国企不能跟有绯闻的女老板做买卖；母亲可能也会被影响，子女不检点；党小明是个爱面子的人，要是大家都知道她给他戴了绿帽子，还不知道这个孤儿会做出什么事情来，俗话说，狗急了也跳墙。经过十分钟超负荷的患得患失，张燕突然觉得自己又成了那个不自信的壁花女学生："我怎么可能冒这种风险去跟一个小孩……"她觉得自己是不可原谅的。

一回到家，张大小姐的哮喘就犯了。她一进屋就开始抓狂找哮喘药。保姆和党小明把家翻遍了，大概张大小姐已经很久不犯病，翻得底朝天也没找到。党小明只好求救于丈母娘和他党总最讨厌的 Roger Haris。普通人会说，既然有大奔驰，为什么不赶紧送医院。熟悉北京下班高峰四环情况的人都知道，去医院就是在四环上憋死的结果。这时候,张燕的脸已经发白,大口大口地喘气,嘴唇从紫到白。但是特权还是好用的,张燕妈妈带着哮喘药和开道警车,不到十分钟就到了。至于这么用警车对不对,是人都会为自己亲生女儿这么付出。

但是话又得说回来,有点创意的人也能赶到,这Roger怕堵车,居然骑着自行车从国贸过来,也就二十分钟。只是穿得有点出挑,运动紧身衣把自己像个香肠一样包起来,所有身体部位的轮廓都勾勒得清清楚楚。张燕妈妈和党小明都不敢正眼看他,尽管他们这时候很感动这个男闺密居然一直为张大小姐带着哮喘药。

所以张大小姐没有死在这个下午。她躺在沙发上,望着这三个最爱她的人,越发为她近来不负责任的行为感到内疚。张燕妈妈、党小明和Roger,也都望着正在慢慢恢复的张大小姐。没人说话,为了调和气氛,Roger问道:"Did you see a ghost?"(见鬼了吗?)

张大小姐满脸恐怖地点了点头。

5
Five

就当握手了

5 Five
就当握手了

还用说吗，丁强汇报完就被老陈狠狠地说了一顿。

"你他妈这也叫便衣？我靠，满公园追着人家跑？你不如扑上去把她强奸了得了！你傻×啊你！大喊大叫，还追！"

丁强低着头，沮丧地听着老陈各种挖苦、讽刺、数落。

"你怎么连起码的常识都没有，我找个北京中学生，只要看过警匪片的都会比你强。你说你们河北是怎么教你们这些小警察的！"

丁强一句话不说，只是站起来，拿着暖壶给老陈的茶杯续了点水。这老陈倒是一点不客气，拿起来就喝，然后接着喷："你他妈文化水平不行我也就不说什么了，但是智商也不能这么低吧？有你这么做便衣、特工的吗！叫你去接触谁，不是让你跑上去追。你以为这是你在农村追媳妇啊？张燕是那么简单的农村妇女吗？那朝阳公园又不是你们家的高粱地……"

丁强嘟囔了一句："我又没媳妇。"

"你嘟囔啥？"老陈好像更生气了，"就算没媳妇你也不能那么追人家啊！你大喊大叫她的名字在公园里面跟着她后面跑？你爸是这么追你妈的吗？真不懂你，怎么一点策略都没有！你知道张燕是什么人吗？她爷爷是烈士！"

"我是被动的。"丁强委屈地说。

"被动的，被动的你也是太岁头上动土，你一农村的小屁孩，你脱裤子的时候也不想想后果。我跟你说，你没进去就不错了，我还把你这笨蛋弄北京来给我丢脸。我告诉你……"

丁强"腾"一下站起来，走到老陈跟前，死死盯着他。

老陈看见丁强眼睛都红了，两只手紧紧攥成拳头，他知道自己离满地找牙只差一点点了。

"哎！"老陈缓了缓，递给丁强一个信封，"这是你第一个月的工资，手续没办完，我就先给你把现金领出来了。你不是说家里等着用嘛。"

丁强接过信封，打开看了一眼，挺厚一叠红粉红粉的票子。他真的还是个孩子，刚才被虐的感觉立刻消失了，嘴角露出笑容，眼睛里的眼泪也被他巧妙地擦掉了。

"领导，你送我培训去吧。"丁强恳求道。说实话，他渴望去培训，找回部队里当兵的感觉。一群农村兵在一起训练，虽然苦，但是大家都很开心，有归属感。他来北京的时候，以为到了就要先去集训，他当时还挺期待再回到一个兵营似的环境中，他喜欢那种生活氛围。可是没想到，老陈把他从火车站拉到麦子店一个小得不能再小的公寓里，告诉他张大小姐就住在附近，他的任务就是再次

5 Five
就当握手了

接近她,看看能否打听到姜平死之前是否联系过张燕。这几周,丁强就像幽灵一样,在麦子店、蓝色港湾、朝阳公园、幸运街这一片瞎溜达,直到那天在朝阳公园之前,他连张大小姐的影子都没看见。没碰到张大小姐他还不发愁,但是连个说话的人都没有让他很受不了。老陈不让他联系私人朋友,实际上他在北京也不认识什么人。到北京三周了,除了家门口小卖部的老太太,他几乎没跟任何人说过话。

没碰到张大小姐也就罢了,连老陈都见不着。丁强来了以后,每天晚上接到老陈一个电话,询问一下案子的进展,丁强没消息他也不着急,只是说这偶遇不那么容易,让丁强继续瞎溜达,就是不告诉丁强张大小姐的住址。其实老陈早就料到丁强会比较生猛,故意留了一手,怕他直接冲到东山墅去找张大小姐。那就出大事了。

丁强一个人这么待着已经快憋死了。来了三周,他只去过一次单位。老陈那天在门口等他,把他直接带到自己办公室,丁强那天被审得发晕,办公室在大楼什么位置他都不记得了。他跟老陈申请过部里的出入证,可是老陈说没必要,因为丁强的任务就是在朝阳公园一带,万一有人发现出入证,反而会暴露的。

"我觉得我犯这些错误都是因为没有培训,"丁强说,"您也没教我,哪怕让我去个当便衣的地方锻炼几周再回来也好,我能胜任,但是您也得让我先学习一下吧。"

老陈点了一根烟,他知道刚才的话过火了,这个河北小伙子挺可怜的。老陈知道,这样的小孩肯定不甘寂寞,他这么长时间没出去鬼混已经很不错了。

"要不,"丁强突然一机灵,"您让我去朝阳那边当片警吧?"

"那可不行,"老陈说,"咱们这工作要严格保密,片警也不能知道这事情,一点风声都不能走漏。"

老陈看时间不早了,说:"走吧,我请你吃顿烤鸭。你来了北京可能还没下过馆子吧?"

丁强真的就是个孩子,发了工资,还有一顿好吃的,三周的惆怅就成了云烟。在团结湖烤鸭店,老陈点了两只烤鸭,自己没怎么吃,夸夸其谈地给丁强讲各种侦探故事,要是换一个城市里的孩子,不到三分钟就知道这些故事都是美国电视剧《犯罪现场调查》里的,可是老陈也真有本事,把这些情节都换成中国的了,他也成了那个纽约大侦探的角色。

丁强听得目瞪口呆。突然问:"领导,您是说我跟卧底似的,对吗?"

5 Five
就当握手了

"对!"老陈连连点头,"这下你就有点开窍了。"

"而且咱俩是单线联系!"丁强小声地说。

老陈突然觉得这个孩子其实挺聪明的,他其实早就该给他讲故事,请他吃鸭子。"太对啦!"老陈乐得拍着丁强的肩膀,"你这么想就太对啦!"

"那……那……"丁强支支吾吾地说,"领导,我能说句不吉利的话吗?"

老陈纳闷地看着他:"啥意思?"

"那您要是有个三长两短,有人知道我是国际刑警的人吗?"

老陈愣了一下,这孩子就是没见过世面,但是他真的很聪明,是块料。"那当然。"老陈坚定地回答道。

聊到这里,两人的话突然断了。桌子上突然很安静。

"领导,我还能问您一个问题吗?"还是丁强先开口,"张大小姐为什么假装不认识我啊?"

"你这是不懂女人,还是不懂上层人的规矩啊?这事情我还真要跟你多说道说道。"老陈语重心长,"我跟你说了,张燕算是叼着银勺出生的人,她出生的时候她老爸可风光了,不仅是烈士的儿子,还是哈工大的高才生。钱学森知道不?那是他领导。"老陈看见丁强听得全神贯注，"你啊，太小，那年代你没见过，和现在不一样。"

"怎么不一样？"丁强问。

"那年代有好多英雄，张燕她爸爸就是一个。但是那年代没有大款，没有富豪。"老陈想了想又补充道，"对，那时候有英雄，没富豪，现在有富豪，没英雄了。而你那心爱的张大小姐，生为英雄的女儿，又嫁了一个大富豪，那真是跨时代的权贵人物啊！"

"那她和她爸都挺厉害的。"丁强听说张大小姐有个富豪丈夫很纳闷，什么都有的女人为什么还要跟他这么一个无名小卒上床，还那么穷凶极恶的。

"再厉害也没她妈妈厉害啊！"老陈阴笑道，"都说英雄难过美人关，还真是。张燕她妈妈年轻时是报幕的，那是漂亮得不得了。后来她爸爸就得病了，大家都不知道怎么回事，本来都觉得他肯定会在国防科工委担任重要职务的。"

"她妈就是您说的大官？怎么不是她爸呀？"丁强问。

"她爸爸后来得病了，什么病也没说。我听说，她爸已经成植物人多年了，不知道在哪家医院躺着呢。"

"啊！"丁强说，"那她爸也挺惨的。"

5 Five
就当握手了

"她爸惨了,可她妈就红了。那可是青云直上!"老陈的话里充满了一种不满情绪。丁强能感觉到。

老陈让服务员又上了啤酒,还把剩下的烤鸭全套都打包给丁强带回家。"所以你跟这种人接触要小心一点,张燕可不是老百姓家的孩子,她妈妈要知道咱们在监视她女儿,肯定会气疯的。"

"气疯了又怎么样?咱们是国际刑警,咱们执行任务,很正常啊。"

老陈把打包的鸭子塞给丁强:"你啊,就是没见过世面。国际刑警怎么了,人家要弄死你就跟捻死一只蚂蚁一样轻松。你就小心点吧。"

"你说了这么多,我还是没明白张燕为啥假装不认识我啊?"丁强追问道,"我再碰见她该怎么办啊?"

"她不愿意让别人知道你俩的事情呗,"老陈有点不耐烦了,"这你还不懂?别说婚外恋说出去不好听,她家什么人,你家什么人?说跟一个河北小警察搞外遇,多丢人啊?"

"我丢人吗?"

"你啊,太单纯了!你不丢人,身子板儿这么棒,脸也挺俊的,你们村的姑娘八成都巴不得跟你搞对象,但是张大小姐跟你在一起,她就丢人了。你俩不是一个阶层,知道吗?"

"那我们俩那天那事情对她算什么呀?"

"唉!"老陈深深叹口气说,"你就只当和她握手了吧。"

"不会吧,他们那么随便?那我算什么?"丁强突然感到愤怒。

"中国自古以来都是这样的,那皇帝不就是后宫佳丽三千人吗?现在没皇帝了,但是妇女解放了。所以有钱有势的女的也可以'后宫佳丽'啊。你啊,就记住,下次等张燕找你,她叫你,她追你。你别主动。"

和老陈分手以后,丁强一直在琢磨,这男女的事情就真的能这样无情无义吗?跟握手一样?那这个张燕得跟多少人握过手啊?他又想起来朝阳公园里张燕不理他的那副傲慢表情,丁强越来越肯定,他是被张燕玩了。而且无处申冤,就像老陈说的,张燕和他不在一个阶层,她爱干什么就干什么。他越想越懊悔当时没有管住自己的欲望,被这个女人拉下水,现在跳进黄河也洗不清。"我唯一可以做的就是帮老陈把张燕查清楚,"丁强这么想,"那姜平说不定也是被她玩的,我非查清楚不可!"

其实,张大小姐生下来就是一个病秧子。她缺钙缺到医生宣布

5 Five
就当握手了

这女孩将来不会走路；发现她花生过敏是她三岁时候吃了一口花生油炒的土豆丝，她的脑袋像个气球一样肿起来；她不能碰黑胡椒，只要沾到一个渣，浑身红斑；她不能吃面筋，吃了就拉不出来屎。而哮喘当然也是与生俱来的。医生说，这八成是因为在张燕出生的前后三年，她父亲都在高辐射区工作，那时候防护条件很差，张燕老爸很可能被感染了，然后又传给了张燕。为此，张大小姐的爸妈经常吵架，具体吵什么她也不记得了，但总是吵架。终于有一天，她爸爸气得要动手打她妈妈，手掌举起来了，人却倒下了。至于是什么导致了这种状况没有人讲得清楚。从那天以后，张燕的爸爸就进入了昏迷状态，她妈妈坚持要让她爸爸插着管子继续活下去。张燕爸爸生病后，研究所里议论纷纷，很多怕死的人都要求调工作，还有人要求停止实验，重新研究一下防辐射保护，保证科学家们的安全。就在领导发愁的时候，张燕的妈妈站出来说话了，她告诉大家她丈夫的病和辐射没关系，她一直知道丈夫有病，也一直在治疗，只是突然病发了。张燕爸爸具体得了什么病，张燕妈妈没说清楚，总而言之，不是辐射，请大家放心，一定要按时完成国家交给我们的任务。

从此以后，张燕妈妈就开始当官了。而她那可怜的丈夫不死不活地躺在某高级病房当了二十多年植物人。

说来,张大小姐的妈妈也真不容易,一方面要经营自己的仕途,另一方面还要拉扯大一个病病歪歪的女儿。所以张燕的童年基本上是在一个充满母爱的"集中营"度过的。她早上六点起床,晚上九点必须关灯睡觉,不许在外面吃任何东西,从小学到中学一直这样。张大小姐小时候基本上不出门的。她高一那年,她妈妈突然说要送她去美国,妈妈说那里医术高明,或许能治好她的病。就这么糊里糊涂地,张大小姐就去了美国。到了美国之后,经过医生几轮治疗,张大小姐的病好了不少,有些过敏,比如黑胡椒,就消失了,没事儿了。还有哮喘也是很多年不犯了。治好病,妈妈就让女儿在美国上大学,所以张大小姐,至今都认为去美国就是为了治病、上学,没别的原因。

丁强是张燕的第三个男人。她其实每天晚上都允许自己想他两分钟,就两分钟,不是像老陈说的那样,想上就上,跟握手一样。这种说法要是让张大小姐知道,非得当场吐血不可,简直了。

"你觉得我是不是很对不起那个小警察?"张大小姐只能跟Roger Haris一个人聊这种事情。

"Why?"(为什么?)Roger逗她说,"He didn't have a

5 Five
就当握手了

good time."（他没赶上好时候。）

张大小姐病好了以后，去上班的第一天几乎全部时间是和Roger两个人在屋子里聊天，就像两个最好的女朋友一样。

"我怕他回去受处分，在中国，这种事情不像美国那么简单。"张大小姐捧着一杯茶，脸上的确有点焦虑。

"I see,"（我明白,）Roger说，"公主不能随便睡的，童话里都是这样。不过你就别想这么多了，你能干什么？他们处分他，你唯一的办法就是找你妈，但是你怎么跟她说啊？"

"不能跟我妈说，说了，她就得把那小警察枪毙了。"

"Can she really do that? Wow!"（她真会那样做？哇！）Roger从来不能认真说话，这让张大小姐又爱又恨，"我倒是有一个前情人的名单，其中有几个你觉得你妈妈能帮我处理一下吗？"

"他为什么在北京？为什么在朝阳公园啊？"张大小姐不解地自问。

"Call him."（给他打电话。）

张大小姐抱着茶杯在办公桌前走来走去，拿不定主意。

"Call him！"

"我没他电话,再说他也许回去了,前几天只是个偶然。"

"Seriously?(当真?)你就不觉得他是来找你的?也许他喜欢你。"

"你觉得可能吗?"

"如果是,怎么办?你难道就一点不想再跟他约一次,找一个好一点的酒店?"

"我真的不知道怎么能找到他。缘分吧。我不能去想这些事情。"张大小姐突然严肃起来,"再说太危险了,我不能让别人知道。"

"随你咯,我们都只活一辈子。"Roger的激将法永远是很灵的。他看得出来张燕在犹豫。这个中国姑娘在这些事情上总是优柔寡断,做买卖的时候倒是干脆利索。这种人格他在中国看见很多,个个都是那些中国人所谓的女强人。

"I got it!"(有办法了!)张燕似乎发现了什么,她把一张名片递给Roger。

Roger仔细看了一下,然后惊叫一声:"Oh my God!(天哪!)INTERPOL!(国际刑警组织!)你什么意思?让国际刑警帮你找情人?"

5 Five
就当握手了

张大小姐把名片从 Roger 手里夺过来,看着老陈的名片开始拨打电话,她笑得很灿烂,嘴角眉梢毫无掩饰地流露出一种特权阶层的优越感:"喂,我找一下国际刑警中心的陈伟……我是王春英的女儿张燕……"

Roger 并不是第一次看见张大小姐发功,但是他仍然做出惊讶又钦佩的样子:"I can't believe this..."(难以置信……)

"Watch me."(瞧我的。)张大小姐得意地跟 Roger 眨了一只眼睛。

6
Six

孟主编

6 Six
孟主编

就在四川厨娘端上她拿手的宫保黄鹿丁的瞬间，张大小姐突然默默地心算了一下这桌上的net worth（资产净值），除了一个人是国企的高管，其他几个老板的总和大概是中国私有资产的40%了，差不多GDP（国内生产总值）的12%。张大小姐突然有一种满足感。这种时候她一点不后悔嫁给党小明这样一个土鳖。她晃了晃自己的红酒杯，想起她的一些女性朋友还在拿红酒说事，真的太可笑了。她清楚地意识到自己甩了她们几条街。

宫保黄鹿丁有一股野味道，这让张大小姐突然想起来那个官厅水库的小招待所……但是她很快让自己的思想进入现状，像一个受过专业培训的女主人，站起来给大家倒酒。

东四九条某号是个不起眼的地方，旧旧的。唯一的特点是灰砖院墙比旁边的院子高出一米多。朱红色的门洞已经退色，懂行的人如果仔细看就能发现这退色不是因为风吹日晒，而是主人特意请人来做旧了，跟电影场景一样。门洞上的青瓦连釉色都没有挂。这是张大小姐盘下来的一个院子，她和党小明经常在这里招待客人，刚开始并没有刻意要做什么俱乐部，但是后来总是那么几个朋友来玩，也就自然是个俱乐部了。

和其他刻意做俱乐部的地方不一样,这里除了两间客房、一个餐厅,没有任何其他设施。一共两进院,只有八百平方米左右。四川厨娘、两个服务员住在前院,后院有时候来客人住,大部分时间就是请客,而且请的客人就这么几个。

党小明从小喜欢看军事新闻,特别是各种武器,《世界军事》和《兵器知识》是他必看的两本杂志。他给这个俱乐部起名叫B-2俱乐部,灵感是美国的B-2隐形轰炸机。张大小姐刚开始不干,说B-2、2B一回事情,太难听了。但是张大小姐自己想不出来什么好名字,所以这B-2俱乐部也就这么叫下去了。他家的工作人员把这个地方就叫作2B:老板今天在哪里请客?家里还是2B?有时候张大小姐会听到,但是改已经来不及了。

聚会在宫保黄鹿丁上来前一个半钟头就开始了,也就三五个朋友,给一位从四川来办事的方总接风。

方总是地道的四川人,从来不穿皮鞋,就一双老头鞋。张大小姐从来没看见过老方穿西装,最不像话的一次,这身价上千亿的老板经常穿一件便宜秋衣,外面还套一件短袖衬衫。要不是他身边西服革履的秘书,老方很容易被认为是送快递的。老方涉及的产业很多,饲料他做的,旅游也是他做的,演出是他的垄断项目,金融、

6 Six

孟主编

房地产那就更不用说了。最近,听说他要涉足能源了。大家都觉得很了不起。

人陆续到齐了,大家喝着酒,闲聊。

"老方啊!"党小明问,"工商银行新来的行长原来在四川哟,你一定熟吧?"

"很熟,"老方回答道,"老朋友老朋友!下次可以一起坐坐。"

"这人我们要认识一下,老方,他前途无量!不过不一定做金融哈!"已经入座的王中淮大声说。这些人里张大小姐最熟悉的是这个王中淮。外界都认为王中淮是做媒体的,他手里有不少影视公司,其中大部分是做财经类节目。但是B-2俱乐部的人清楚,王中淮发财不靠媒体,靠他旗下的证券公司。一手炒股票,一手公布消息。这招还是让大家很羡慕嫉妒恨的。就是到现在也没人查他这种操作方式,真的太奇怪了。大家都猜测王中淮有大后台。王中淮说话也都是很横的,有权威感。"我跟你们说啊,他在工行待不长吧,他不懂金融,但是很懂政治。"他大声喊道。

"王总老是有内部消息。"孙新说。他是这里面岁数最小的,也是最不爱说话的,他是一家大国企的常务副总。他和党小明在高尔夫球场上认识,党小明总是想拉他下海,而孙新还在犹豫。

"对了,小孙,"王中淮说,"我叫你小孙啊,我知道你也是老总了,听说你们高层最近要动?"

"王总,我就是说你内部消息怎么这么多!"

"信息时代嘛,没信息就等于死球啦!"王中淮大笑。

这时候,院门口传来很大声的一句话:"别给我剐了哈!"

钟明一边嘱咐党小明的司机,一边把红色TESLA(特斯拉)的钥匙交给他。钟明是个银行家,原来给老外干,现在自己出来做私募了,听说煤老板特别喜欢他,山西没买房的钱都攒在这姓钟的手里。张大小姐最讨厌钟明的老婆,就是一个天天拿红酒说事的上海女人,什么传承啊、高雅啊、品味啊,也就骗骗煤老板,卖几块表,赚点零花钱。张大小姐不太看得上这两口子。

钟明还算会讨人喜欢,一般都不带老婆到党小明家来,他心里有数,知道自己娶了一个超级爱装×的老婆,而张大小姐又偏要把自己往知性女人上靠,水火不容。这些钟明无所谓,只要党小明同意

6 Six
孟主编

给他下一个基金当合伙人，让他把媳妇卖给阿拉伯人他都没意见。

"还有戴总和司徒总没来，"张大小姐张罗大家入座，"我们先吃起来，要不菜凉了。"

大家刚坐稳，戴冲，一个常住香港的房地产商，司徒二亮，一个有钱没工作，但是会唱昆曲的神人，一起进了院子，两人一路抱歉，说北京堵车真的不可理喻。

"你们俩怎么一起来啦？"王中淮大声喊道，"穿那么讲究干什么去了？"

"我们在门口碰到了。"戴冲急忙解释，只有张大小姐明白戴冲不愿意让大家觉得他和司徒有什么更深的关系，因为圈内风传司徒性取向不正常。正常不正常，张大小姐不关心，反正Roger之前有段时间和司徒交往密切，这是张大小姐知道的。戴冲年岁不小了，但是坚持天天打网球，身子板儿很不错，不像五十多岁的样子。司徒一身黑色Dolce & Gabbana（杜嘉班纳）的西装，裤子紧得要是正常男人早就叫了。司徒没事，不紧还不穿，这就是他的付出，不然他不会得到。

"快来吧，"张大小姐说，"气锅鸡汤马上好了。"

"还是那个四川阿姨吗？"司徒二亮问。

"是的。"

戴冲搓搓手,开心地说:"好啊好啊,又有口福啦。"

说着,四川厨娘就给每个人端上了袖珍气锅。"这是三菌气锅土鸡汤,"厨娘说,"请大家品尝。"

这时候,餐厅里安静了,只听见大家"呼噜呼噜"喝汤的声音……

汤喝完了,大家又继续讨论人事变动问题,张大小姐知道这群人对政治不太感兴趣,他们讨论人事变动都是为了自己做生意的方便。

宫保黄鹿丁是第一个热菜,张大小姐站起来准备给大家换酒,这时候她的手机响了,居然是国际刑警中心的老陈。

"对不起。"张大小姐站起来走到院子里,把酒瓶子交给服务员,嘱咐他换杯子,倒新酒,"你好,陈处,我是张燕,您找到他了?"

"张燕同志您好,上次您询问丁强同志的联系方式,很对不起,他已经不在公安系统了,他辞职了。他的大队长给了我一个手机号,您可以试试。"

"他还在河北吗?"

6 Six
孟主编

"这个我就不知道了。"老陈说完就把电话挂了。他要逗逗张大小姐。

等张大小姐回到饭桌,话题已经从金融管理机构的人事变动转到党小明刚刚从老乡手里买下的银行股份。

司徒二亮问:"党总,听说你最近帮了你那几个老乡,把他们股份都收了?"

党小明突然有点紧张:"是啊,是啊,消息传得好快。"他不愿意多说这件事情,因为他在策划一件大事情。

"这大手笔啊!"司徒二亮说,"你老乡得高兴死了,他们前一阵子和银行高管都快打官司了。"

"你接了那些股份?"钟明有点惊讶。

"是啊。"党小明说,"我就是帮老乡的忙,他们不想玩了,我就买过来吧。"

"你这忙帮得让那银行管理层好紧张。"司徒二亮说。

"紧张什么?"党小明假装漫不经心地说,"我持股和老乡持股没区别。"老王看了党小明一眼,本来想说什么,想了想,又决定不说了。厨娘上了一道开水白菜,很清淡,大家都说好。

"现在最好就是吃这些清淡的菜,"党小明打岔说,"我老婆在家天天就只给我煮菜叶子吃。"

"党总,"王中淮还是没憋住想说的话,"你那老乡的浑水你当心一点,那里面有点复杂。我听说那些管理层的人都有点来头。"

"是是是……"党小明嘴上这么说,眼睛却一直盯着司徒二亮。司徒二亮非常专注地吃开水白菜,似乎有点太专注了。

张大小姐意识到说到老乡股份,饭桌上有点不对劲,她正想打岔缓解一下,就听见一个女人的声音,嗲声嗲气地说:"没事的,我跟党总和张总都是好朋友,我就给他们送几张请柬……"

张大小姐立刻听出这是孟主编的声音,她看了党小明一眼,意思是说:"是你请的吗?"党小明赶紧摇头表示和他没关系。这时候,孟主编已经站在餐厅里面了。

"这么多老总一起吃饭啊!你们怎么都不叫我啊?"孟主编穿着一件肉色丝绸吊带裙,外面是一件同样颜色的风衣,给人感觉像是刚从床上爬起来,没换衣服,披着风衣就出来了。当然,孟主编的打扮是当季巴黎最流行的"刚起床造型",就是要给人这种感觉。这个样子出现在这种场合还是效果很好的,几乎所有

6 Six
孟主编

人只看到一个状况——孟主编没戴文胸，薄薄的丝绸让两个奶头的轮廓很立体。

"孟主编啊？"钟明说，"快来快来！给你介绍四川首富方总。"

孟主编妩媚地说："哟，钟老板，你请客跟煤老板吃饭老叫着我，今儿这么高层次的聚会你就不带我了。"她一边说，一边扭着屁股走到钟明跟前。张大小姐看着孟主编，心里嘀咕，这小婊子不会连内裤都没穿吧。

"来，"钟明说，"介绍一下，京城时尚第一人，孟主编。"老方就坐在钟明旁边，有点不知所措。

"钟明，你别骗我啊，四川首富不是刘有好吗？"孟主编把一只软得像棉花一样的手递给方总。

"你好，你好。"方总勉强掐了一下那棉花手。他万万没想到，在他的手接触到孟主编那一刻，这个女人急转身一屁股坐在了自己的腿上。

"别在意哈，"孟主编凑在方总耳边悄悄说，"我说着玩儿呢。你肯定比刘有好更有钱。"

在座的其他男人都好像司空见惯了，戴冲还说："老方，你腿麻了就让主编坐到别人那里去，孟主编你不仅要认识，还要见识一下,现在时尚人士都不坐椅子,只坐大腿了。还有,你可再也不要穿秋衣啦!让我们孟主编看见就会当场扒下来!"

"孟主编别只关注时尚了,刘有好是胡润榜上的首富,方总是不要上榜的首富。"孙新说。

"孙总说,我就信。"孟主编撒娇地跟钟明说,"你说什么我再也不信了。"

"我说的你信吗?"党小明问。

"你说的我也不信了!党哥,你说帮我请这些老板去参加我的慈善晚宴,但是你根本没跟他们说啊!我急死了,不然不会拿着请柬冲过来的。"孟主编一肚子委屈,还悄悄问方总,"你腿麻吗?"

方总赶快回答:"不麻不麻。"

"你吃点东西不,主编大人?"张大小姐说,"我叫人给你拿把椅子。"这时候只听见方总"哎哟"一声,忍不住把腿一撒,孟主编差点儿从他腿上掉下来。

"对不起,"方总还给孟主编道歉,"你不能动,你动我就浑身发麻啦!"他说完大家都笑了。孟主编很无所谓地屁股一转,坐到钟明大腿上。

"我不要椅子,你们说我爱坐大腿,我就坐给你们看看!我今

6 Six
孟主编

天就坐你们大腿上,一直到你们答应明天去参加我的活动。为什么不愿意上胡润的榜啊,方总?"孟主编问。钟明很顺手地抱着孟主编的腰。

"你再坐回来我明天就去。"方总挑衅地说,"但是你不要乱动啊,我大腿上有痒痒肉。"

孟主编"腾"的一下从钟明腿上又蹦回了方总腿上:"那你告诉我为什么你不要上榜。"

"我是给他钱不让他把我放在榜上的,"方总也学钟明用手抱着孟主编的腰,"那个老外的买卖不要太好做哟,一边是我这样不要上榜的给他钱,另外一边是要上榜的也在给他塞钱。"

"这买卖怎么让这个胡润给占领了?"王中淮说。

"王总,那你也做一个,肯定把胡润干掉!"孟主编特别会说这种话,张大小姐还是佩服的。她知道自己的嘴就是没那么甜。

"那你过来,我跟你商量一下,咱俩联手吧。"孟主编毫无羞涩地走过去,一屁股坐在王中淮大腿上。张大小姐注意到王中淮也很熟练地搂着孟主编的小水腰。

孟主编就这样在全中国最有钱的大腿上轮流坐了一番。张大小姐发现,孟主编还真的就是没有去找她家的党小明。这里面除了方总是第一次见孟主编，另外一个不太熟悉的似乎是孙新，张大小姐想，如果有人拍张孟主编坐在孙新大腿上的照片，估计孙新的仕途也就到此为止了。

张大小姐虽然不喜欢孟主编这种貌似可以跟男人犯骚的女人，但是她自己也知道，一个晚宴，没有这么一个女人逗乐就不欢快了。孟主编来之前，桌上谈论的事情已经很紧张了，不知道为什么，张大小姐觉得这司徒二亮好像在警告她老公什么。

一轮大腿坐完，主食也上来了——手撕龙虾泡饭。在孟主编的带领下，餐桌上的对话立刻转向八卦了。戴冲先说，最近在香港狂传内地一个大忽悠，见了美国一个基金的头头，号称要把中央电视台卖给他。孙新说，这还不算什么，同样这个忽悠，还曾经要把大庆油田卖给外国人。

说完忽悠，大家开始你一嘴我一嘴地八卦一些很不隐形的有钱人，大家一致认为这些人像小丑一样到处现眼——私奔的；骂自己投行的；大胆批评政府然后后怕的；出去瞎买广告丢人现眼的。张大小姐刚要讲一个故事，她的手机响了，是她妈妈。

"妈，我们和朋友吃饭呢。"

"听着挺热闹的，小明在吗？"张燕已经习惯她妈妈打来电话

6 Six
孟主编

十个有八个是找党小明的。张大小姐向党小明招手,让他到院子里接电话。

"咱妈找你。"张燕把电话递给党小明。

"妈,您找我?"

"你是不是认识一个叫司徒二亮的?"党小明一愣,往屋子里看了一眼,发现大家还在说笑。孟主编正坐在司徒二亮大腿上。

"认识。怎么啦,妈?"

"我明天跟你细说,你得当心点。"

7
Seven

专业捞人

7 Seven
专业捞人

张大小姐和Roger决定在孟主编的慈善晚宴之前先去喝一杯。

晚宴在751的大"煤气罐"里面,两个人就在旁边的艺术酒店小酒吧里面。这里很僻静,没什么人。张大小姐那天穿了一身很保守的阿玛尼西服套装,很帅,但是她可以穿着同样的衣服去融资,或者参加一个葬礼,总而言之,就是不像要去参加一个京城最奢侈的大派对。Roger当然穿得不能再时髦了,他从来不穿大牌,"我就是大牌",这天他穿着一身苍蝇绿的织锦缎西装。

嗯哼,苍蝇绿的织锦缎加大红领带,就算是雾霾天,Roger的能见度也在一公里左右。

酒吧灯光昏暗,就他们俩坐在小角落里,张大小姐还在小口小口地抿着一杯红葡萄酒,Roger喝完了第三杯马提尼的最后一滴。

"So, is he in trouble?"(这么说,他有麻烦了?)

"I don't know,"(我不知道,)张大小姐说,"the guy just said he is not police anymore."(那人只是说他不做警察了。)

张大小姐无奈地叹了一口气。

"What's wrong?"(怎么了?)Roger问。

"我挺内疚的,"张燕说,"我那天看见姜平的尸体以后真的很难受,Roger,那是我这辈子爱得最用心的人。"

"I know."（我知道。）Roger说，"我还记得你在大学的时候，早上五点起来，赶头班火车去纽约，就是为了周末要跟姜平多待一会儿。我们都笑话你俩是puppy love（早恋）。"

张大小姐似乎没听见Roger在说什么，她双眼盯着墙上的一幅画，突然转过去对Roger说："那天以后我每天都会想到姜平，他后来进了监狱我从来没去看过他。我那时候怎么那么胆小。"

"你那时候还小……"

"我们的孩子生出来就死了，"张燕开始呜呜地哭起来了，"我也没写信告诉他。"

"Don't cry, honey,"（别哭，宝贝儿，）Roger找来一堆纸巾递给张燕，"Let bygones be bygones. Don't think about it."（过去的就让它过去吧，别再想了。）

"I CAN'T STOP!"（我做不到！）张燕越来越激动了，"我就老想，我多么多么对不起姜平，我把他一个人丢在美国大牢里面了，他……可是我最爱的人……"张燕哭泣的声音越来越大了，她一抽一抽地放声大哭，Roger有点不知所措，这么多年来，他以为张燕已经忘记了那个夜晚。

张大小姐在大学四年级开学的第一天发现自己怀孕了，她和姜

7 Seven
专业捞人

平都开心得不得了。学校同意张燕从宿舍搬到学校旁边的小镇上租房子住,姜平也要从纽约搬到金斯顿(Kingston)小镇上照顾张燕。同学们都在猜测毕业典礼那天张燕会不会抱着宝宝上台领毕业证书,大家都觉得那肯定是学校第一个在校妈妈,会很轰动。张燕刚开始有点害羞,但是因为在美国这真的不是什么大事情,大家都挺护着他俩。Roger还在新公寓把宝宝房间的墙面刷成天蓝,画上云朵。张大小姐没有跟她妈妈隐瞒这件事情,电话里她听得出来妈妈对这件事情不满,但是这回真的是生米已经煮成粥了,妈妈想干涉也来不及了。她妈妈只有两个要求:一是要上完学;二是先别结婚,要等妈妈来纽约。张燕觉得妈妈真的很宽容了,她自己也没打算放弃学位,算了算日子,期末考试肯定会有问题,但是美国大学四年级结业大部分都是写论文,只有一门需要考试,问题不大。生完孩子她还可以参加毕业典礼。至于她妈妈会怎么看姜平她几乎没考虑,等他们见面,姜平已经是孩子他爹了,还有什么可说的。

那时候的张燕就是这么幼稚,她以为她能将妈妈一军。

那年Roger也搬到小镇公寓里和张燕、姜平合住了。Roger的真实姓名不是Haris,是Hattenburg,他是犹太人。父母非常有钱,非常保守,非常不能接受Roger是同性恋。Roger带男朋友回家被爸爸轰出来，一气之下，他和父母断交，不再接受父母的钱，决定靠自己打工挣生活费。学校宿舍太贵，他就来蹭房子住了。

如果这是个电影，那一年的生活一定是那种画面都是虚的、镜头晃晃悠悠地显示三个人在草地上笑着，有书本，有人弹吉他，那种幸福感虽然已经不真实了，而且退色了，但是却非常牢固地住在记忆里，越来越模糊，但是永不消失。有的时候张燕真的更愿意大四那年就是假的，根本没发生过，或者干脆把这份记忆彻底抹掉。但是有时候她也不懂她自己，既然她这么想把姜平和过去都忘了，可为什么又把Roger弄到中国来一起开公司？只要Roger天天在她眼前晃悠，她怎么可能忘记？那她到底要什么？说老实话，张燕自己也不知道。

"Stop it!"（停！）Roger急了，"We have to go, and darling, your face! Oh my God!"（我们得走了，亲爱的，你的脸！我的天呀！）

张大小姐终于平静下来，从包里掏出自己的小镜子照了一下，说了声："Oh fuck!"（妈的！）抱着化妆包跑到洗手间去了。

就在这时候，张大小姐的司机进来了，他看见Roger点了一下头，有点谴责感地问："张总呢？首长都快到了。党总已经在里面

7 Seven
专业捞人

等很久了。"

"10 minutes!"（10分钟！）Roger向司机伸出10根手指，每根手指上面至少一个极其夸张的戒指，他知道这个司机肯定讨厌他，所以故意逗他，还向司机眨了一下眼睛。

张燕从洗手间出来就回到张大小姐的状态，看见司机在那里有点不开心，她老觉得这个司机管得太多，有点监视她的感觉。

"不是让你在车里等着吗？"她有点凶。

"张总，首长快到了。"司机退了两步，头低了一下。

"我知道了，你回车里去。"

"好的。"司机回答道，转身后小声说，"傻×婊子和一个二尾子。"

"You should be nicer to him."（你应该对他好点。）Roger说。

"Who?"（谁？）

"Your driver."（你的司机。）Roger真的是好意，"He knows."（他知道。）

"他知道又怎么样？"张大小姐说，"多给他点封口费就可以了。他还跟谁说去？！"

"那你还在乎那个小警察干什么？不就是一夜情吗？"Roger有时候很美国自由派的，对张大小姐中国"优越阶层"的小姐脾气不买账，"就别再假装内疚了，你自己舒服了就可以了。别想那么多，你找他不会也是要给他封口费吧？"

张大小姐在昏暗的灯光里清晰地看到Roger厚厚的嘴唇角稍微骄傲地往上翘了一下。不知道为什么，这种蔑视的表情激怒了她：

"Fuck You! Roger! "（去你妈的，Roger! ）

"No, Fuck You, Yan! "（不，去你妈的，燕）Roger毫不示弱。

"Can't you be on my side? Why are you so fucking sarcastic! "（你就不能站在我一边？你他妈的为什么这么讽刺？）她冲他喊。

"Darling, I am a New Yorker, I was born sarcastic. "（亲爱的，我是纽约人，我天生就是个讽刺。）Roger很酷，似乎没动气，还把酒钱付了。

然后他转头对张大小姐说："I am always on your fucking side, it's just your side is constantly changing! I don't even think you know what is your side anymore. "（我一直他妈的站

7 Seven
专业捞人

在你一边,只是你一直在变!我不认为你知道你在干什么。)

"你什么意思?"张大小姐很蛮横地不让他走。

"没意思。"Roger绕过她自己走了。

张大小姐只好自己走向"煤气罐"——派对和奢侈品正等着她,但是她脑子里全是Roger刚才的话。"我真的变了吗?"她问自己,"我有那么冷血吗?我有责任感,我没有玩弄任何人,如果那个小警察是因为我被处分了,我一定会帮助他。"想到这里,她愣了一下,"怎么帮呢?怎么帮才能不告诉妈妈,也不让党小明知道这件事情?"这时候张大小姐发现,其实,她在中国如果没有妈妈和丈夫就谁都不是了。也没有什么人能帮她的忙。

张燕妈妈是掐着点儿到的。致辞说得很好,她感谢了所有拍卖捐款的老板、明星,她说她老了,本来不想参加这类活动,但是得到善款的基金会是她二十年前创立的,所以她必须来支持一下。她也表扬了站在她身边、热泪盈眶的孟主编。整个讲话也就五分钟,内容和长度都是与时俱进的。张燕妈妈讲话的时候向下面扫了一眼,没有看见自己的女儿。她心里有点紧。讲完话,她正在考虑是否留下,看张大小姐会不会来,就在这时,孟主编突然满脸泪水,冲上来给她一个狠狠的熊抱。

大家立刻都起立鼓掌，主持人几乎歇斯底里地冲着麦克喊道："首长的支持对我们时尚人、对孟主编是最重要的，我们要向这两位优秀的中国女性致敬！"然后，一片孟主编安排好的闪光灯噼里啪啦地乱闪了一通。明天的头条都有了。

张大小姐进来的时候正好赶上这一幕，她走到党小明身边，两只手放在他的肩膀上，像一个贤妻一样站在自己夫君身后。党小明坐在那里回头望了她一眼，心里想，最好让她出去休假，她最近情绪太不稳定了。

"妈，您累了，快歇会儿吧。"党小明给丈母娘拉开座位。

"你怎么才来啊？"老太太问张燕。还没等张大小姐回答，老太太"阿嚏""阿嚏"地打了好几个喷嚏。

"妈，您不会着凉了吧？"党小明真的是很体贴的女婿。

"你们这些时尚人士都喷什么香水啊？"老太太皱着眉说，"呛死我了。"

听她妈这么说，张大小姐反而笑了："不是说今天不来了吗，怎么又……"

"为了看看我宝贝女儿啊！"老太太说。

"妈，我们这周末就回家看您去了，您今晚还出来，倒是美

7 Seven
专业捞人

死那孟主编了,和您照了那么多照片,还不知道怎么拿出去说事呢。"党小明心疼丈母娘了。

"那不都是你们的朋友吗?"老太太似乎不太在乎被利用了一下。

张大小姐看见她妈妈今晚高兴,也就凑上去说:"妈,您要不要再坐一会儿?拍卖马上开始了。"

"我先回去了,你来了就好好玩吧。"老太太说,"小明送我出去吧。"

张大小姐送了几步,然后被妈妈给轰回去拍卖了。

台上拍卖师正叨叨叨叨地举着一条Tiffany(蒂凡尼)的钻石项链,张大小姐习惯性地环视了一下,发现举最高价的居然是一个刚上市的互联网公司老板,旁边是一个刚出道的小演员。互联网老板那一桌坐得满满的,而旁边一桌却只有一个人,傻呆呆地坐在那里。张大小姐突然发现原来是钟明,很沮丧地守着那张空桌子。她就走了过去。

"钟总,怎么一个人在这儿坐着?"

"唉。"

"怎么啦?"

"都进去了。"钟明几乎绝望地看着张大小姐。

"谁进去了?"

"这一桌客人里,进去了五个,另外五个也不敢来啦。"

"因为什么事情进去了?"

"矿上又出事啦,死人啦!"钟明说,"这帮孙子就这么抠门,你说把安全的那些家伙什儿安装上能花几个钱啊!非他妈那么抠,这回好了,进去了吧。"

"你什么时候知道的?"

"昨天晚上的事,嫂子!"钟明越想越沮丧,"就昨天晚上咱们吃饭的时候!"

"你是帮他们理财的,"张大小姐说,"这矿上出事跟你无关,你能轻松点吧。"

"我能轻松什么啊?"钟明哭丧着脸说,"人家钱都放我这里了,我必须得帮着捞人啊!"

"啊?"张大小姐看着眼前这个跟她一样留洋回来的人,居然还能捞人,她突然觉得自己可能不接地气,多少是活在一个小暖瓶里面,被妈妈和党小明包得严严实实的。

"我靠,嫂子,我跟你说会儿话行吗?"钟明这时候需要跟人

7 Seven
专业捞人

聊天，"要是我不干这行，我绝对同意把这帮孙子都关里面，他妈的，没见过那样的，欠他妈矿工工资，自己小孩结婚花几千万，八成给我拿去理财的钱也他妈都是银行借的。"张大小姐心想，难得看到钟明还有是非之分，一直以为他就是要钱。

"那你还帮他们捞人？就让他们在里面待着吧。"

"不行啊，嫂子，"钟明着急地说，"这帮孙子再混蛋也是我的客户啊，我必须帮啊！要不我在这儿一个人守着空桌子呢。"

"你守着空桌子能捞人？"

"我这不等司徒呢吗！"

"司徒？就是昨天晚上来我家吃饭的？他不是做艺术品的吗？不是画家吗？"

"嫂子，我哥真爱你，啥阴暗面都不跟你说？司徒认识公检法的人，专业捞人的！"

张大小姐不是不知道可以捞人，她只是没想到司徒会捞人，更没想到她饭桌上的人是专业捞人的。她立刻站起来看了一圈，宴会现场没看见司徒，奇怪的是，Roger也不见了。

"别找了，"钟明说，"我刚跟司徒说了，我俩坐下来，他说去拿杯酒，这不，走了半个钟头还没回来。估计不想帮我。"

"你先别急,"张大小姐安慰钟明,"我帮你找找他。"

台上正在拍卖一只喜马拉雅铂金包,台下各桌发出不同女人的尖叫,男人们也频频举牌,很热闹。主持人大声说:"我们的慈善晚宴是Win Win Win(赢,赢,赢)的盛事,首先失学儿童Win,然后美女得到包,美女Win!最后老板得到美女,老板也Win!Win! Win! Win!"

"这么赤裸裸。"张大小姐想。

张大小姐终于找到司徒的座位,第三桌,司徒人不在,他的D&G黑外套整齐地挂在椅背上。"他去哪儿了?"她问旁边一位美女。

"出去抽烟了。"

张大小姐走出"煤气罐",外面已经黑漆漆的了,对面有一排白帐篷,外面好像有几个人在抽烟,张大小姐就走了过去,快到的时候,被一个保安拦住:"不好意思,这边是工作区。"

张大小姐在黑暗中仔细看了一眼那个保安,突然紧张得差点没叫出来:"你……你……不就是……"

"我叫丁强。你都没记得我名字啊?"丁强说。

"我今天还给你打电话了,"张大小姐说,"是那个国际刑警中心的老陈给我的。"

7 Seven
专业捞人

"我不在公安了。"

"老陈跟我说了。为什么不做了？"

"没意思。"

张大小姐突然不好意思了："跟我们……那次……我是不是连累你了？"

"没有。"丁强说话有点拘谨，张大小姐感觉到他很紧张。她想让他放松。

"你在这里干什么？"

"我辞职就来北京混了，现在当保安。"还是那么生硬。

"你是今天这里的保安？"

"是的，我刚来，只能看酒，里面明星很多，但必须是有经验的保安才能在里面。"

"看酒？"

"嗯，"丁强指了一下身后的帐篷，"喝的酒，还有拍卖的酒都在那个帐篷里面。"

"那你带我进去看看？"丁强脸上现出各种为难。"没关系，这个活动的主办方我很熟悉，他们不会说什么，我是找一个人，他是客人，也是个酒腻子，里面有人等他，我出来找他。"

丁强半信半疑地看着张大小姐，往后让了半步，非常专业地说："那您先请。"

进了帐篷，张大小姐发现有两个区，而且还是隔开的，右边是备餐用的，忙忙乱乱，服务员在上甜点，厨师们已经开始收拾东西了。丁强示意张大小姐往左走："这边是放酒水的。"这个空间不大，只有一个吧台，后面都是酒。

"你就是看酒的？"张大小姐在灯光下再一次感叹这个丁强怎么和姜平长得那么像。

"是啊。"丁强说。

"那我要偷酒你怎么办？"张大小姐的口气很温柔，但是也有一点点挑衅。

"那我就又得找工作呗。"丁强其实随便说说，根本不知道这句话戳中了张大小姐那内疚的软肋。

"我跟你说着玩呢，咱俩聊聊天吧。"张燕说着就坐在吧台上了。

"那要不然你还是偷一瓶吧，给我也拿个杯子。"丁强说。

"你不怕被开除了？"

"你不是认识主办方吗？你跟他们说说不就成了？"

7 Seven
专业捞人

"那倒也是。"张大小姐见丁强开始放松了,她也就拿了一瓶红酒,两个杯子,给自己和丁强一人倒了一杯。两人对视了一下,

"还是不要干了吧。"丁强说。

"不干。"张大小姐笑了,"慢慢喝。给我讲讲你的故事。"

"我的故事不好听,我爸、我妈都是河北农民,我原来当兵,复员回来就当警察了。刚上班两天就认识您了。"

"别跟我说'您'。你来北京多长时间了?"

"不长。听说您母亲是大官。"

"嗯。是挺大的。"

"真的?比省长还大吗?"丁强这回是真的大吃一惊,别说省长,就是他们老家那边的镇长他都没见过。丁强觉得那天他要是知道张燕是大官的女儿,他肯定就不行了。

张大小姐笑了:"比省长大,不说这个了。"她说着拉起丁强的手,翻开手心,把自己的手机号写在丁强的手上:"你需要帮助就找我。什么事情都可以,我一定帮你。"

说实话,丁强被张大小姐摸到的一瞬间就像触电了一样,浑身又痒又疼的。"你那时候对他也这么好吗?"

"对谁?"张大小姐问。

"对那个那天你去认尸的人。"

张大小姐一愣,似乎又被戳到痛点。她点了点头问:"你怎么知道?"

丁强很自然地脸红了:"那天……我们那什么的时候你管我叫姜平来着,你还说对不起我什么的。"

"那天我真的喝醉了,"张大小姐说,"那天真的对不起,我不是那样的。"

两个人突然都不知道该说什么了,但是这小小的寂静却没有任何尴尬。

"姜平是干什么的?"

"他是一个艺术家,做雕塑的。"

"谁的雕塑?"

"不是你想象的那种人的雕塑,他做的东西是抽象的,比如他喜欢把废铁像绳子一样焊在石头上,看上去像石头被一个铁网子给绑起来了。"

"听起来挺棒的,他一定特别热爱自由吧。"

"是的,"张大小姐好奇地望着丁强,她没有想到这个农村小警察会有这种评论,"你热爱自由吗?"

7 Seven
专业捞人

"我不知道什么叫自由。"丁强说,"我从小当兵,后来当警察,现在当保安。"

"你是说你没自由?"

"那也不是。"丁强想了想说,"我不知道什么是自由,但是我没觉得我不自由。"

张大小姐笑了,要是姜平知道她跟一个警察聊自由,非疯了不可。

"那你俩怎么认识的?"

"你想听?"

"想。"

"我是大二那年认识姜平的,在一个纽约的中餐馆,我们俩抢那个餐厅最后一份红烧肉。"张大小姐笑了,笑得很甜,"后来我们就决定一起吃这份红烧肉。但是没留电话,就是挺开心的。没想到第二天我们又在一个音乐会上碰到了,那个歌星叫Bryan Adams(布莱恩·亚当斯),当时特别红,他的嗓子有点沙哑,姜平会唱他的歌。"

丁强打开手机,递给张大小姐说:"你放给我听听。"张大小姐替他找出来那首 *Straight from the Heart*(《出自我心》),两个人像两个高中生一样,一人一只耳机坐在吧台上听音乐。听着听着,张大小姐的眼泪又下来了。丁强轻轻地用手指帮她擦掉眼泪:"你很爱这个人吧?"

张大小姐当时觉得嗓子里有一个大球,心里像有人使劲捏着那样酸疼,她说不出来话,只是点点头。丁强伸手搂住张大小姐的肩膀,张燕很自然地依靠在丁强的胸口。

要不是这时候突然有人喊"流氓",丁强就会亲张大小姐了,他也相信张大小姐会允许他亲的。但是外面的喊声让他们震惊,两人以为是在说他们,慌忙从白帐篷里冲出去,谁知道和对面慌慌张张跑出来的两个人撞上了,四个人都摔倒在地,张大小姐站稳一看,天哪,居然撞上的是Roger和司徒!司徒吃惊地看看张大小姐,再看看丁强,而Roger却一直盯着丁强,半天终于说:

"Oh my God, he looks exactly like him!"(天哪,他太像他了!)

8
Eight

把柄

8 Eight
把柄

党小明觉得,那天张燕妈妈离开慈善晚宴的很多动作语言都不近情理,让他很不爽。

老太太居然跟二黑子握手,还说他干得好,还希望有空和他好好聊聊。二黑子是他党小明最大的竞争对手,为了抢上海滩的项目,他俩已经三次上法庭打官司了,还好成绩是二比一,小明赢了。老太太还和党小明刚收购到手的银行的老总聊天,这更是不可思议,老太太知道党小明收了这家银行,也很可能把这些吃里扒外的高管全开了。可是老太太却要和这群王八蛋拉近乎,还是在公开场合,这里面到底有什么状况?党小明突然觉得看不清楚老丈母娘葫芦里卖的什么药。

老太太上车刚要关门,党小明干脆钻进去,说:"妈,我陪你回去吧。正好跟您说点事情。"张燕妈妈也知道他要说什么就让他上车了。车开起来虽然声音不大,但是前面的司机和警卫还是不能很容易地听到后座的对话。

"妈,您电话里说司徒来着,他怎么啦?"

"先不说他,我先问你,你知道姜平的案子谁在管吗?"

"河北那边的公安在管啊,"党小明说,"我派人去问了一下,他们找到张燕是因为姜平死的时候,兜里有张纸条是张燕的手机号码和公司地址，没人认尸，他们就打了张燕的电话，是个巧合。现在案子已经结了。那个小警察也给开了。"说到这，党小明眼神里露出杀气，"不过，老刘告诉我他来北京了，您放心，这事情我能处理。"

"小警察？"张燕妈妈想了一下，笑了，"那是你们俩的私事，与我无关，我尊重你俩的隐私！"

"我要问你的是，"张燕妈妈语气特别严肃，"你肯定这个案子结了吗？"

"结了，妈，肯定。河北公安的人亲口跟我说的。"

"怎么结的？"

"他们说案子很简单，姜平是美国犯罪团伙派回来和中国这边接头的，他们听说是运一批毒品，但是三句话不对付，对方就把姜平给砍死了。"党小明话里有点小得意的语气，"基本上就是黑吃黑。"

"河北公安这么想，"张燕妈妈以挑战的口气问，"那北京公安怎么想？"

"北京公安？"

老太太把一张照片给党小明看，这是张燕在现场上车的照片，她手指着老陈说："这人是谁你不认识了？"

8 Eight
把柄

车里光线不好,党小明打开后座上的读书灯,还是认不出来。"这是谁啊?"

"你啊,好了伤疤忘了疼,这是谁你都不认识了,"张燕妈妈把照片从他手里抽回来,"这就是十几年前调查过你的陈明光!你好好想想吧,他怎么会在现场?河北公安没给你说?"

党小明突然感觉有点尿急,还好忍住了。陈明光的出现真的让他紧张。十几年前,他刚刚接手范老板的垃圾帝国,他在纽约碰到一个餐馆老板叫Tony,两个人聊得很投机,那个老板在纽约多年了,似乎很有道道,跟小明说,他有让他发横财的办法。那时候党小明刚接手公司,铜的期货没处理好,赔了不少钱,帮Tony走私点电子产品正好能把他现金流的窟窿补上。这事至今党小明认为他没错,在中国,民企如果没关系就基本贷不出来钱,像他这样不大不小的企业,很可能因为现金流一个月转不过来就死球了。

党小明那时候刚当了老板,满眼望去都是盼着他们公司倒闭的人,只有在他自己的垃圾场,几百个坐在那里剥铜线的垃圾工人指望他发工资养家糊口。这些工人里面有不少也是福利院出来的人,党小明要是关门了,他们就没有生路了。当时党小明对自己的感觉丝毫不是走私犯,而是人民英雄!他要为他的员工奋斗,他不能关门,尽管他给的工资只够温饱,那也比没有好多了。如果他不走私把资金窟窿补上,这些人就会去捡垃圾,甚至成为不法分子,所以出于一个企业家对社会的责任心,他就顶个雷,走两船黑货,有啥了不起的。

问题是走私的钱太好赚了,藏着走私货的垃圾船,一船顶十船,公司的流动资金两船就补上了,但是党小明也上瘾了,他收不了手,这钱真的赚得太来劲了,一直到陈明光出现在他的面前。

那时候的陈明光一丝不苟,这个清华数学系的毕业生对公司账务了如指掌,三下五除二就把党小明公司的账查得底儿掉,这几十笔来路不明的现金除了走私根本无法说明。党小明能用的招数都用了,送礼、送钱、送女人,这个陈明光居然是刀枪不入。非要办了他。这时候,Tony从纽约来上海,给他出了一个好主意。

Tony说他一直在帮一个大姐照顾在美国留学的女儿,或许这个大姐能帮忙,如果事情成功了,党小明要想好了怎么报答他Tony和这位大姐。党小明那时候已经走投无路了,把他自己卖给Tony都可以,就别说别的了。

按照Tony的吩咐,党小明回到公司等着陈明光跟他要财务资料、让他写报告。那几天党小明就像一只被骗了的小狗,缩在一个角落里。陈明光当时觉得他已经拿下一个大的走私线索,他一定要

8 Eight
把柄

查到底。因为没有海关内线,党小明不可能这么顺理成章地入关,而且他发现,党小明还有偷税漏税的嫌疑。这些都让陈明光怀疑幕后有条大鱼在等着他。

党小明等的那天终于到了,陈明光在下班前要党小明把所有关税发票送到他招待所房间里。党小明按照Tony的指示,找了一个当地坐台的女生,把一本乱七八糟的收据给她,又找了几个当地小报的记者,都塞了不少钱。陈明光开门以后,坐台女说她要揭发党小明强奸她的事,陈明光一听,好啊,这种恶霸还强奸民女,赶快把女孩子让进房间。谁想到这女孩进去就大喊救命,开始陈明光还一头雾水,等他清醒过来的时候,已经晚了,女孩冲过去打开房间门,外面几个记者和摄影师噼里啪啦的闪光灯早就候着了。

这事儿先见了地方小报的第12版,一个豆腐块。但是这个豆腐块不知道怎样就落到了陈明光的上司的上司的上司手里。每个上司都用红笔批示:严办。就这样,陈明光这个曾经很有执法者感觉的人彻底被执法了一次。而党小明走私案也因为要控制对公安人员的负面消息不声不响地消失了。

照片上的老陈和党小明记忆中那个盛气凌人的警察基本是两个人。但是……这事情也足以让他失眠了。

"想起来了吗?"张燕妈妈问。

"妈,我错了,疏忽了。"党小明低头说。

"你现在大人物啦,什么央视年度经济人物也当过了,慈善第一人也当过了,但是你还是要当心!因为总会有人对党和国家不满,要报复社会,报复成功人士,这些人有的就在我们系统内。你不能再有什么把柄在人家手里了。"

"知道了。"

"自己能解决吗?"

"能。"党小明抬起头来,脸上有点阴笑,"放心吧,妈,这回我有他的把柄。"

"哦?"

"嗯,他受贿。"

"好吧,那你自己处理好这件事情。"

车已经到张燕妈妈家了,外面看上去这是很普通的一条北京街道,只是这个毫无标志的大铁门让人觉得很神秘。夏天,这扇铁门被外面茂盛的树枝挡着,行人几乎注意不到这里是要人的住宅。当车到门口的时候,门会神秘地打开,车驶入,里面有两个荷枪实弹的警卫敬礼。每次进来,党小明就想,要是东山墅的警卫也能荷枪

8 Eight
把柄

实弹，里面居民的安全感会高很多。

到家以后，老太太说要党小明陪她去散步。和常人不同，老太太不能随便出去溜达，很麻烦的，警卫人员要有、公安要通报、路线要预先选好等等。所以散步就是在自家院子里走圈，像动物园被关锁的狮子一样，来回遛来回遛。

"妈，您问我司徒来着。"

"嗯。你跟他熟吗？怎么认识的？"

党小明愣了一下，说："好像是张燕那个老同学Roger介绍认识的。"

"哦。"老太太似乎有点惊讶，"他和你收购的银行的管理层关系很深。"

"哦？"党小明也很惊讶，"我以为他就是一个花花公子，平常看他什么事情也不做，经常和演艺圈的人一起鬼混。我以为他是做电影的。"

"他可能是很多身份吧，你说话小心点。"

"是的，妈。"司徒不会是安全系统的吧？党小明想问，又缩回去了。

"小明，现在上面要的是国泰民安，你知道吗？"

"知道的,妈,建设和谐社会。"

"那你去收购什么银行啊?这不是很不和谐吗?"

"妈,我这也是为国为民啊!"

"怎么讲?"老太太挑着眉问。

"妈,咱国家银行都在政府手里,可是政府手里攥着钱干什么呢?去买美国国债!我和Tony在美国看了不少资产,棒极了!里面有很多都是互联网企业,还有生物科学的,都很棒,这些技术都是我们国内的缺口,我不要国家给钱去投资这种项目,民间的资金就可以,但是我需要金融牌照。"

"越来越会说了,谁教给你的?"

"为国效劳,这绝对是您教的。"

"哼,我就是告诉你,这司徒不是一般人,你收购那银行用的通天的人物也不只是司徒一个人。你做事要三思而行。"

"我不会去搞那个管理层的,那些人都不会赚钱,只会搞政治。"党小明说完又加了一句,"不过,妈,您该给我打招呼还要打招呼哈。"

"你看,你看,就因为我出门时跟你的对手和银行高管寒暄了几句,瞧把你急得!"老太太笑了,"外交家,咱家小明绝对不是!"

8 Eight
把柄

"都让您看出来了,妈真的洞察一切。"党小明不好意思地说。

"这才叫我的兵!"老陈听完丁强的汇报高兴得拍案而起,"下一步,你要打听出来张燕是不是知道姜平回国了,是不是跟他的死有关系。"

"领导,我觉得张燕不会去害姜平的,她好像还是挺爱他的。"

"幼稚!"老陈吼道,"你怎么肯定?你知道这后面有多大的利益吗?上亿,不对,上百亿!"

"你怎么就这么肯定张燕跟姜平的死有关系?我走之前,省公安厅说是黑吃黑内讧,都结案了。"

"没那么简单,这里面肯定还有文章。你不能相信张燕!她是我们的调查对象。"

"那我该怎么办呢?"

"她不是给你手机号了吗?约啊!"

"我怎么约她?我又没钱,我还是等她约我吧。"

老陈大笑:"哈哈,你小子越来越精了,给你!"

丁强接过来两个信封,一个里面是他的工资:"人事还没办完手续?"

"可不是吗！都是官僚，效率极低。我还是给你取的现金。那信封里是你的活动经费，省着点花啊！"

丁强瞄了一眼活动经费的信封，厚厚一沓百元大钞："这活儿真他妈不错！"

对于Roger来说，司徒是他在中国大陆的第一个"好朋友"。来中国前，他觉得自己在北京待不长，因为他听说大陆的性观念不像美国那么开放，他甚至看到过一些很恐怖的报道。这些都足够把Roger吓得在来中国之前去Brooks Brothers（布克兄弟）买了几套非常男人的西装。张燕在机场都差点不认识他了。

在中国居住了几个月他就发现，中国不是外媒形容的中国，他在这里如鱼得水，首先，他太喜欢中国男人了，一个个都那么苗条、纤细，都那么美美的，穿什么都漂亮。还有，他发现这个国家，关系好的男人们都可以勾肩搭背地走在马路上，这太神奇了！刚开始他想，他们根本不知道自己在做什么。后来，看了英文的《红楼梦》，Roger认为中国人太有才了，自古至今就没把性当回事情，要不怎么男的女的都是一个"他"解决了，从语言上，中文就是中性的。Roger在中国待的时间越长越喜欢中国，

8 Eight
把柄

他觉得这是一个外面听上去很保守,但是实际上超级没"规矩"的国家。

司徒和Roger是在健身房碰见的,Roger的出现吸引了司徒。与此同时,Roger也发现了司徒的异样,他的第六感告诉他,面前这个男人要么是不了解自己的情况,要么就是还隐藏着。那个周末,他邀请司徒去他家吃晚饭,司徒欣然应允。当天,Roger亲自下厨,汤是法国洋葱,主菜是地中海小羊腿,为了体现他还是美国人,甜点是苹果派加香草冰激凌。吃完饭,两个人懒懒地靠在沙发里一起看碟——*Death in Venice*(《死于威尼斯》)。

后来的几个月里,司徒和Roger很自然地走到一起。Roger在三里屯外交公寓租的房子,司徒也常去住。后来,为了出入方便,司徒干脆给自己办了一个外交公寓的工作证,大摇大摆地和Roger进进出出。但是Roger不明白为什么司徒拒绝带他去任何地方,他从来没见过司徒的家人。

"Just tell them I am your friend!"(只是告诉他们我是你的朋友!)Roger 曾经绝望地祈求。

终于有一次,司徒说他去上海见几个朋友,Roger可以陪他去。

谁知道那一周,司徒天天出去见亲朋好友,而Roger就守着箱子在房间里面等司徒回来。刚开始，Roger还自己上街逛逛，买点东西什么的。但是到了第三天他才意识到他和司徒是毫无希望的——hopeless，于是，Roger把自己的东西装好，走了。

从那以后，一直到孟主编的慈善晚宴，他俩就没见过。但是那天晚上Roger在慈善晚宴上碰到司徒，原本在健身房应该发生的事情，在晚宴的后台发生了，而且像一场台风，把两个人卷走了。

当天夜里三点，司徒说饿了，起身做了一碗葱油面，两人边吃边聊。

"So who is that young guy with Zhang Yan？"（那个和张燕在一起的年轻人是谁？）司徒问。

"I should not tell."（我不能说。）Roger撒娇地说，还做个手势表示他嘴上有拉链，已经封口。

"Does her husband know？"（她丈夫知道吗？）司徒还不含蓄地问，"And why did you say he looks exactly like him? Who does he look like？"（你为什么说他像他？他像谁？）

"Why do you want to know？"（你为什么想知道？）Roger开始不开心了，他感觉司徒对张燕的婚外恋比对他更感兴趣，"First of all, it's none of your business. Secondly, if

8 Eight
把柄

you want to make it your business, you have to find another source. I will never tell."（第一，这和你无关。第二，若你想让它和你有关，应该通过其他途径。我不会说的。）

司徒知道逼问没用，Roger和张燕很铁，不会轻易开口。他只好换一个方式："那你是不是把我们的事情告诉张燕啦？"

这句话把Roger问住了。他的确把司徒的秘密告诉张燕了。

"好吧，"司徒站起来，穿上衣服，"我先走了，你明显不在乎我。"

Roger拦住司徒的去路："I am sorry, I am sorry. I just had to tell someone. She will not tell anyone, I am sure."（对不起，对不起，我必须向别人倾诉。她不会告诉任何人，我确定。）

"So why can't you trust me with her secret? You trusted her with mine."（所以，你不相信我会保守她的秘密而相信她会保守我的。）司徒仍然要走。

"OK, OK, I will tell you!"（好，好，我告诉你！）Roger 也觉得说不过去了。再说，张燕那么强大，有点绯闻真的没什么了不起的。为了留住司徒，他决定就把他所知道的张燕的故事从头到尾都倒给司徒。

9
Nine

柜子里的情人

9 Nine
柜子里的情人

夏天雾霾一来，北京的有钱人就带着家人逃到地球上风景最美的地方去度假。这时候张大小姐就难免有点悲伤，她发现她的家一点都不像家，没有孩子，就没有去度假的理由，她妈妈和丈夫都是工作狂，觉得度假是浪费人生，睡觉也是浪费人生。有一次党小明对他的助手说："想睡觉，等你死了再睡吧，活着就要奋斗！"自从他们在纽约普拉扎酒店的婚前蜜月之后，他们再也没有一起出去玩过。有一次，张大小姐把党小明死拉硬拽地拖到法国碧蓝海岸的一幢别墅里面，党小明天天睡十二个钟头，一睁眼就要吃中餐，一喝葡萄酒就恶心，闻到奶酪就要吐，弄得张大小姐很没面子，只好把丈夫关在别墅里面一个人待着，自己和朋友出去玩。等她回来，发现她老公光着膀子，穿着大裤衩和拖鞋，哇啦哇啦地一边跟北京通电话，一边围着后院的游泳池溜达。外面有几个老外好奇地看着这个中国大款的一举一动。

母亲就更不可能跟她一起去度假，光审批手续和保卫措施就把去度假的兴致扫得一干二净。张大小姐是个孝顺孩子，总是想带妈妈出去玩，起初提起这件事的时候，母亲说等她退休了，可是她的官越做越大，现在她只能跟她女儿说：下辈子吧。以往张大小姐一直和Roger一起出去，由Roger安排豪华度假日程，张大小姐掏腰包。刚开始张燕很高兴，Roger是一个会享受的人，有时候有点冒险，比如去智利玩直升机滑雪，很刺激。几个夏天之后，张燕发现Roger在世界各个角落都能找到情人，从假期的第二周开始，她就成了灯泡，而且是能出钱的灯泡。这种感觉让张大小姐很不开心，但是又不好说什么。后来张大小姐开始把夏日度假变成一种员工福利，她亲自领队，带着自己最好的十几名员工去国外转悠。这也不是很理想，首先很累，她像个幼儿园阿姨，带着一群孩子逛大街。另外就是张大小姐很失望她的员工最喜欢的活动就是购物，对其他事情一律没兴趣。

今年，张大小姐突发奇想——带丁强出国度假，就他们俩。

"丁强，我求你办件事情，你做保安，知道哪家餐厅的饭好吃吗？"张大小姐假装有事找丁强。

"我也不知道，餐厅的饭是给客人吃的，我们吃盒饭。"

"哦……哦……"

"张总，我想学英文，您给推荐个学校吧。"

"真的吗？"张大小姐喜出望外，"那我来给你安排吧。"

就这样，丁强开始在颐堤港的华尔街英语上课了——每周六、日上午10点到12点。有时候他下课的时候会发现张大小姐拿着一杯

9 Nine
柜子里的情人

咖啡在门外等着他。然后他俩会去吃点东西，聊会儿天。丁强一直对张燕有戒备心，他只想执行任务，不想再节外生枝，发生其他关系。尽管他的上司老陈总是在暗示丁强去利用张燕对他的好感。张大小姐对丁强的内心毫无觉察，可能像她这样高高在上的人生活得太容易，失去了对一些小细节的敏感。所以张燕自我感觉良好，她觉得丁强既然接受了她的帮助，也就是接受了她。至少她可以跟他交朋友了，至于是否能发展为长期的情人，张大小姐一直有这个愿望和欲望，只是不知道该如何再开始。

这个夏天的第一个雾霾天正好是一个周日，张大小姐等到丁强下课，在丁强毫无准备的情况下问："你愿意跟我一起去纽约吗？"

老陈一天三包烟，霾不霾对他无所谓。他的肺早就习惯在污染环境下照常工作。老陈喜欢北京的夏天，他喜欢北京夏天憋着一场大雨的感觉，先就是热，然后湿度提升，开始闷，人就像在桑拿屋里一样，躺着不动也能大汗淋漓。老陈就喜欢这种天，他从来不开空调，他在办公室开着窗户，最多再把电风扇打开，然后，他可以安静地坐在那里看档案，汗珠从他额头顺着脸流到腮帮子，他拿毛巾一擦，自说自话道：舒服。

张大小姐邀请丁强去纽约的同时,老陈从办公室出来买中饭——他最喜欢的双蛋双脆煎饼。买了煎饼回单位,过了警卫岗哨,进了大院,他实在扛不住煎饼的香味,决定在大院里吃了它,反正是周日,没人来上班,于是乎,他就像民工一样蹲在一旁大口大口地吃起来。就在这个时候,一辆黑色的奥迪A6开进院子,里面出来一个个子不高的人,有两个人立即迎上去接他。

"您好,党总,首长好吗?我们领导在上面等您呢。"雾霾加上老花眼,老陈没认出来从车里出来的就是党小明,可是他的直觉告诉他,这个党总很可能就是他十几年前追捕的那个走私犯。老陈突然站起来,嘴里还嚼着一口煎饼,快步走上去想看一下党小明的脸,结果被两个秘书挡住:"去,到院子外面吃东西,再过来,找你们工头儿开了你!"

老陈看着党小明走进大厅,两个秘书哈着腰给他按电梯,挡着电梯门,一直到党小明转身,和大厅外的老陈对视了两秒,电梯门就关上了。也就在那一瞬间,老陈非常肯定这个党小明就是十几年前他曾追捕过的走私犯。

回办公室的路上,老陈差点儿被嘴里那口煎饼噎着,一进门赶紧喝水,又差点儿被呛着,他知道党小明就是他的丧门星,只要

9 Nine
柜子里的情人

跟他过手,老陈肯定倒霉。十几年前,老陈被派到宁波港去查走私案。走私的东西很多,小到BP机,大到汽车。当地的港务警察说,货柜最多的就是党小明的公司。老陈查了一下,这家公司主要业务就是进口洋垃圾,大部分是电子垃圾,公司有十几个垃圾场,雇用了几百名残疾人在垃圾场剥铜线,外皮扔掉,里面的铜线拿去回收。刚开始,党小明只是最上游的进垃圾、剥铜线;1999年的时候他似乎大开脑洞,开始对下游投资,买下了江浙一带不少电解铜工厂,也多少垄断了这一带铜的供应链。

党小明的账是老陈亲自查的,他一个人在港口,要求把党小明公司的货柜挨个儿打开检查,上千个货柜,而且里面全是垃圾,码头工人都跟他闹,像老陈这么查,港口就瘫痪了,先要去找到这些货柜,然后打开,如果里面包装不好,那垃圾就会撒得到处都是,还要清理。垃圾按吨进货的,少了重量还要赔偿。没有工人愿意跟老陈干这个活儿,特别是当时港务的负责人员,一口一个党总是省政协委员啦、是优秀企业家什么的。

老陈不管,他是北京来的,公安部直接派来查走私的。他谁都不理,不仅要打开货柜,还要把垃圾扒拉出来一大半,保证里面没藏着东西。就这么折腾了近百个货柜,除了垃圾什么都没找到,反而把一个繁忙的宁波港区给折腾得够呛,该卸货的船被堵在锚地等着,该出港的船走不了,因为货柜不能按照预期安排装完。那个年代是中国进出口高峰年代,港口是最忙的地方,哪里容得下一个处级警官去瞎捣乱。

很快,老陈就接到领导的电话,把他训了一顿,港务局已经给部里打报告告状了。老陈只好改变方式,货柜不能在港口打开,他可以去党小明的垃圾场盯着,只是他只带了两个人,忙不过来,党小明的公司有时候一天能出几十个货柜,发到十几个不同的地方。也就在这个过程中,老陈发现党小明的一些货柜根本不在港务局的单子上,但是这些货柜明明是从港口出来的。老陈觉得这里面肯定有问题,但是港务局没人配合调查,所有人都一问三不知,说这是不可能的。老陈没办法,只好强行拦住一辆货车,打开之后发现垃圾里面居然埋了一辆尼桑车。当时老陈乐坏了,他太走运了,蹲点这么长时间,一点进展都没有,谁知道这种抽查居然让他瞎猫碰死耗子抓到赃物。他办的案子终于有点眉目了。

就是在搜到尼桑车的第二天,老陈去见了党小明。

那天党小明还特意穿着一套西装,深蓝色,大得像一个纸盒套在身上。党小明的小脑袋从领子里露出来,显得好像没有脖子。老

9 Nine
柜子里的情人

陈当时觉得党小明的形象很滑稽,像个乌龟,随时可以把脑袋缩回西装里面不出来似的。但是党小明介绍他的企业的时候还是挺自信的,脑袋也一直伸在外面,用洪亮但是比一般男人高八度的嗓音告诉老陈他是一个纳税大户,也是省里雇用残疾人最多的企业。

"我帮政府做了很多事情的。"党小明说。

老陈让这个小老板滔滔不绝地讲个够,然后问他:"你走私多长时间了?"

"我没走私,我是废品回收。"党小明一下子就软了。老陈估计这要是在局里审他,八成早就尿裤子了。

"你不承认,那就跟我走吧。"老陈想把手铐拿出来吓唬党小明,但是他过来抓人的确没有跟地方公安打招呼,这样其实不符合公安的手续,何况他根本没有部里的任何文件允许他擅自搜查一个企业的货柜。这点,老陈自己也心虚。

"我不去。"党小明很倔地说,还一屁股坐下来,意思是说你有本事就把我拖走,我不自己跟你走。

老陈犹豫了一下,动手带人不是问题,但是带到哪里去呢?这一犹豫是老陈后悔了十几年的事情,多少个不眠之夜,他在想,当时哪怕把党小明带回他住的招待所,案子的结果就会完全不一样了。

那天老陈手软了，一是自己手续不全，二是不知道把他带到哪里去。所以他把两个小助手留在那里看着党小明，他自己回去给部里打电话，给省里公安厅打招呼补办手续。忙活了一天，北京的领导说要去请示一下，省公安厅也说党小明是省政协的，真的抓也需要省委书记点头才可以。

老陈瞎忙活了一天，饭没吃，啥事也没办成。大概晚上九点他回到党小明的公司，发现他的两个助手早就被党小明的手下伺候得酒足饭饱，在公司会议室看电视呢，而党小明却没影儿了。两个小家伙酒劲没过，其中一个支支吾吾地说，党小明说要回家拿东西，一会儿就回来。老陈气得狠狠地抽了那助手一大嘴巴。

老陈回到他厕所旁边的办公室，心里各种滋味说不上来。没想到今天又见到党小明了。党小明似乎没变样，老陈注意到他的身材保持得很好，不像人到中年了，而老陈他可是有了小啤酒肚子。当时穿西装像乌龟的走私犯，今天穿的可是意大利Brioni（布里奥尼）定制的西装，合身得很。而老陈却是一身淘来的运动装，难怪人家以为他是民工。"唉，人啊，"老陈自己唠叨着，"都有命。真是三十年河东，三十年河西。"

这时候，煎饼已经凉了，老陈也没胃口了。十几年前，党小明

9 Nine
柜子里的情人

走私案让他这位公安部上升的新星一败涂地，被派到非洲某使馆管保安了。用当时一位副部长的话说："你这么不懂事，就去非洲抓苍蝇去吧。"非洲一待就是八年，老婆离了，工资没涨，职位还是副处长，当时被他扇嘴巴的助理都副局级了。老陈在想，党小明现在是通天的人物了，他是不是该想想自己养老的事情，而不是再去翻这种老案子？这时候电话响了。

"喂。"老陈说话显得很无力，他在为自己担忧。

"头儿，是我，丁强。你在睡午觉吗？"

"没有，什么事儿？你说吧。"

"头儿，张燕要带我去纽约！"丁强兴奋地说。

Roger自从和司徒二亮恢复关系了以后就不爱去上班。一是他恋爱了，二是他觉得很对不住张燕，他把张燕的故事当作他和司徒茶余饭后闲聊天的内容全告诉司徒了。尽管他无数次嘱咐司徒不能告诉任何人，Roger自己知道，他还是犯忌的。

还好司徒除了享受八卦，并没有什么其他表示。Roger愿意说，他就听着，从来不追问任何事情。这些只是表面上的。实际上，Roger把张燕的故事讲完后，司徒就打电话给他的客户，把张燕的过去和现在一五一十地都说了。对方只是对姜平回国、要给材料自首感兴趣，问了一下姜平是怎么死的。至于张燕现在和小警察有一腿，司徒的客户一点表示都没有，只是"哦、哦、哦"地哼哼了几声。司徒觉得很怪，这是多大的新闻啊，他的客户被党小明欺负了，而张燕又让党小明戴了绿帽子，而且里面还有一个前男友要回国自首，但是莫名其妙被杀了。这些只要媒体曝光，那党小明就晕菜了，全天二十四小时危机公关吧，哪里还有时间去收购什么银行，他就歇菜了。对于司徒来说，他为客户找到了最好的解决方案。

"那张大小姐现在还跟那个小警察有来往，"司徒提供信息时信心十足，"我撞上他们俩了。"

"哦。"

"这件事我可以先在微博上放放风，估计党小明会花钱把消息压下去。但是一旦传出来，我再去找《南方娱乐》的发稿，这样党小明就彻底慌了。"

"司徒，你真的觉得八卦能让党小明慌吗？"

客户这句话把司徒问住了。固然，他是靠八卦混日子的，但是这些一出手就是几百亿的人他搞不懂，到底什么能解决他客户的问题，司徒根本不知道；其实他的客户和党小明到底有什么过节儿，

9 Nine
柜子里的情人

这里面到底牵涉到多大利益、多少人，他也不知道。他只靠两件事情吃饭，出卖信息、从局子里捞人。

"那我要不要让媒体动起来啊？"

"哈哈，哈哈，"对方大笑起来，"再说，再说。你问问你朋友姜平到底回来干什么来了。其他的再说。"

司徒的客户是他的发小，早年去香港发了财，据说财富堪比李家，只是做人很低调，不喜欢出头露面。司徒和他是互相咨询，至于香港股市操盘，司徒坚信这个哥们儿，因为他让司徒的钱翻了好几倍了，所以这哥们儿需要北京的消息，司徒肯定是有求必应的。但是客户对姜平如此感兴趣他没想到，姜平不过是一个没出道的艺术家，无名之辈，而且已经死了。

Roger对司徒来说不过是一个稍微"亲密"点的朋友，这个老外教了他不少东西——德彪西的音乐、达达主义的艺术作品等等，都挺好的，但是也就不过是装X时候的谈资。他对Roger并没有任何感情，更不要说爱情。

在这个雾霾的周日，他还是要去找一次Roger，打听点姜平的事情出来。

10
Ten

去纽约

10 Ten
去纽约

邀请丁强去纽约这事，张大小姐根本没过大脑。已经很久了，她对这个一夜情的小民警有一种很难表达的情感。刚开始，她只是内疚和不好意思，那天她都被自己的粗暴吓着了。后来Roger告诉她，强大的悲伤和恐惧都会让人产生强烈的做爱欲望，因为人需要温暖、人情，做爱是一种动物本能的、对悲剧的反应，更何况张大小姐又是在目睹了第一个情人的尸体的情况下。

张燕很接受Roger的说法，已经不内疚了。她甚至有时候会想，其实这小民警挺走运的，要不是特殊情况，张大小姐这种身份的人估计都不会斜眼看他。她不明白的是，既然不欠丁强什么，她为什么还跟他来往？张燕其实不记得那天下午的任何细节，她真的断片了。有时候她去回忆这件事情的细节时，会有一股电流从她大脑瞬间冲到她的子宫，这种感觉已经好几次了，可是她还是什么都想不起来。

"What does it mean？"（这什么意思？）她问Roger。

"It means the sex was fantastic！"（这意思就是你俩做爱很嗨！）Roger总是这么回答。

张燕的所有做爱经验都是姜平教的，姜平像一个导师带最心爱的学生，一点一滴地给张燕灌输做爱的理论和技巧。她至今记得姜平那时总跟她说,你放松,你不去享受我感觉也不好,因为我在乎你的感受。尽管党小明每次Date Night都会用英文问她喜欢不喜欢,可她的感觉是小明不过是在完成一项公事,因为每次只要一完事,就去抓几张纸巾,把自己擦一把,然后说还要加班,就去客房睡觉了。现在他俩虽然在一幢大房子里,但是基本上是各自睡在自己的卧室。

张燕记得很清晰,她和姜平的第一个吻是怎么发生的,就是那次在布莱恩·亚当斯的户外音乐会上。那是纽约每年夏天的中央公园免费音乐会,全是年轻人,那首歌叫 *I Do It for You*(《我所做的一切都是为你》),唱副歌的时候,所有人都跟着吼。张燕的头巾就在那时被风刮走了,她去抓头巾的那一刻,脸擦过姜平脸蛋子的时候,被姜平软乎乎的大嘴唇给截了下来。那时候张燕既慌张又开心,她已经喜欢姜平,不知道姜平会不会喜欢她。她原来是想再约姜平去看个电影什么的,但愿姜平能主动跟她拉手,她根本没想到姜平干脆抱着她就亲,而且是在一个音乐会上——公共场所!但是她喜欢。

后来她总是想,这样爱一个人,还可能有第二次吗?有时候,她周围的人总是夸党小明,说他如何成功。只有Roger,看到外媒

10 Ten
去纽约

报道谭盾的时候会刺激一下张大小姐说:"你如果当时不跟他吹,姜平今天就和这些人一样。"张燕特别讨厌Roger这么说,不过她自己很清楚,姜平如果没有把自己那次个展给砸个粉碎,他真的不会是河北停尸房里只有半边脸的男人。他们在纽约的时候,姜平和其他一些还未成名的艺术家都住在地下室里面,还经常举行聚会,大家都从唐人街餐厅里面买点什么带到某人的地下室,然后就开始聊天、喝酒。张燕这个大小姐不知不觉地混进了纽约的中国波西米亚人群。

在那群人中,张大小姐很拘谨,她放不开。这群艺术家,喝酒的喝酒,抽大麻的抽大麻,张大小姐都不知道该说什么做什么,她觉得自己太不合群了。每次,都是姜平给她解围,他说张大小姐是他街头捡回来的小猫,谁都不许欺负。然后大家就起哄,要姜平演示怎么亲小猫,要不小猫就得喝酒。"怎么样,小猫?"姜平会向张燕眨一下眼,"亲一个给这些性饥渴的哥们儿看看呗?"没等张燕回答,姜平就把她搂在怀里狠狠地亲吻。旁边又一阵子起哄,有人会说:"别显摆了!知道你姜平有女朋友了!"那时候,大家都有女友或者媳妇,但是很少像姜平和张燕这样腻在一起的恋人。大家多少都有点羡慕吧。

小两口儿第一次闹别扭也是因为在这样一个聚会上，张燕记得那天晚上她和姜平在莫特街（Mott）买了叉烧包就奔某个地下室去聚会了。聚会开始以后，有人突然冲着姜平说，今天拉拉也来。姜平"哦"了一声没什么反应。话音刚落，叮当，门铃响了，拉拉大声喊着："你们都喝着了吧！我可是喝醉了才过来的！"张燕当时就被这个拉拉给迷住了，她当时是那么拘谨，可是这拉拉简直太酷了，大长胳膊一甩把一件大衣扔在一边，大冬天的她里面只穿了一件大背心，一身黑，下面是一条几乎拖地的裙子，手上戴着一双过了胳膊肘的宝蓝色皮手套。张燕还想问这女的是谁，拉拉已经走到张燕和姜平面前，一屁股坐在姜平的大腿上，用手捧着姜平的脸，然后亲了一下他的脑门说："我他妈听说你有新欢啦？还他妈是个小鸟依人的小东西？"然后她很随意地拍拍姜平的脸。这一切就发生在张燕旁边，拉拉根本没看张燕一眼，用今天的话说，当时张燕基本上是个透明人。

　　"你什么时候回来的？"姜平问道，没有任何把拉拉从他腿上挪开的意思。

　　"昨天早上，他奶奶的，"拉拉一边说一边在姜平腿上扭来扭去，从桌子上抓了一个橘子，"这次巡演真他妈累死老娘啦！在他

10 Ten
去纽约

妈拉斯维加斯,居然俩老外非要娶我,我靠,一个黑手党,一个警察!真他妈难为老娘。"拉拉把橘子递给姜平,"宝贝,给老娘剥个橘子呗。"

"自己剥。"姜平很平淡地说。

拉拉转过去看了一眼旁边脸已经红得跟猴屁股一样的张燕说:"妹妹,要不你帮个忙,给老娘剥一下,这他妈手套脱也难,戴也难。跟他妈男人差不多。"她瞄了姜平一眼。张燕那时候百感交集:惊奇、好奇、愤怒、委屈、伤心、自卑、嫉妒,彻底紊乱了,所以当拉拉把橘子扔给她时,她居然接过来,剥了皮,又乖乖地递给拉拉。可是这时候,她已经忍不住泪水在眼眶里来回滚动,她使劲憋着,不让眼泪流出来。

"哎呦喂!大妹子,"拉拉特别大声地说:"橘子水挤眼睛里啦?怎么掉眼泪啊?"这时候张燕已经开始抽泣了,声音很小,但是气得浑身发抖。她是个好女孩,这是她头一次碰见一个坏女孩,居然委屈得一句话都说不出来。"别哭了,我看出来啦,你就是姜平那小女朋友吧。没事的,过两天我去找你们,咱仨一起玩哈!"说完她自己哈哈大笑,扯开嗓门说,"怎么样,小姜床上活儿还行吧,能让你舒服吧,那他妈都是我教给他的!在我之前……"姜平终于忍不住了,"嘡"一下站起来,把拉拉摔在地上。

"咱们走吧。"姜平拉着张燕的手离开了那个地下室,只留下了十八只叉烧包。

那天晚上回家以后,张燕就哭着喊着要分手,她不是不知道姜平以前肯定有女朋友,而且不少,还都上过床,但是那时候这一切都是抽象的,姜平也曾经逗张燕说,我就是先去跟这些女的学点技巧,最后跟你一起过小日子用。张燕和姜平上床的时候当然还是个处女,什么都不懂,是姜平手把手教出来的,但是张燕毕竟是个大小姐,前女友是抽象的还可以接受,但是变得那么具象还要给她剥橘子实在受不了。今天是拉拉,明天谁知道还有谁?这她张大小姐绝对不干。

那天晚上她就跑了,不管姜平怎么劝、怎么哄,她就是坚决地要分手,要回学校。张燕记得她出门的时候都晚上十点了,姜平没有跟出来,她一个人背着包。这么晚,火车已经没有了,只好去港务局大楼下面坐灰狗长途车回学校。张燕不喜欢坐灰狗,一是长途车站在四十二街八马路,那边治安不好,经常有人被抢钱包,尤其是华人;二是灰狗车上有一股人工草莓味儿,特别呛人,坐一次,那味道三天不离开你。

10 Ten
去纽约

张燕战战兢兢自己坐上灰狗，一路抱头痛哭，她已经开始想姜平了，可是她觉得姜平根本就没保护她，而是向着那个前女友。半夜三点，长途车到了张燕上学的小镇，她迷迷糊糊下了车，发现没有出租车了，走到学校至少四十五分钟，她还背了一个大包，因为她把自己的东西都从姜平那里搬回来了。她真的又要哭了，她太委屈了。正在这时候，她感觉到有人从她肩膀上把包拿走了，张燕抬头一看，正是姜平。他居然跟在张燕后面，一路听着张燕的哭声，一直到下车，才过去紧紧把她抱在怀里。

每当回忆起这些事情，张燕总想再爱一次，或者再被爱一次。有时候她会想，太长时间了，她生活中没有爱，她不觉得党小明那么爱她，可以说关心，甚至很珍惜，也可以说很宝贝，很纵容，也很宽容，但都不是爱。不知道为什么，张燕觉得，让司机开着奔驰把她追回去就是不如悄悄坐在纽约半夜的长途汽车上一直跟着。而她自己也差不多，她喜欢自己丈夫是上榜的富人，他能给她带来荣耀和别的女人的羡慕，这些都是她要的，但是她见过无数回像孟主编这样的女人勾搭过党小明，张燕自己无动于衷，她几乎是麻木的。有时候倒是Roger会提醒她，而她总是把这些事情当作浮云。有时候她也问自己，爱党小明吗？而她给自己的回答总是爱又怎样,不爱又怎样,反正都要在一起过日子。

在遇到丁强之前,张燕已经完全接受了那种安稳、奢华、无愁也无爱的生活。但是丁强似乎拨动了张大小姐一根筋,唤醒了一些长眠的感觉。这种感觉让她不安,甚至有点骚动。她似乎又找到了早年那种六神无主的感觉,随着这种不稳定的还有一种盼望,但是张大小姐也不知道她盼望什么,再跟丁强做爱?盼望丁强爱她?盼望自己能去爱丁强?这些都有点可笑。

张燕觉得最了解她的人还是Roger,她就是在找感觉,也许她需要点刺激,也许她还能再爱一次?但是她又想,真的不能那么作,她也四十了,谈恋爱代价太大,也就这时候她觉得和丁强去纽约是最好的折中办法,她不会爱他,但是她很想再跟他上床,这事在北京太危险,而去纽约就好多了。在纽约,张燕就觉得她不是大小姐,也不是大款夫人,她也许还能找到一点学生时代的感觉,找回一点她自己。

"So where are you going to take him?"(那你打算带他去哪儿?)Roger很关心张大小姐的旅行计划。

"纽约啊!"

"I know, what hotel?"(我知道,什么酒店?)

10 Ten
去纽约

"我没想好。大概去SOHO GRAND(苏荷区格兰德酒店)。"

"I see, ex-boyfriend New York haunts."(明白,前男友旧地重游。)

"Shut up!"(闭嘴!)

11
Eleven

沸腾的水

11 Eleven
沸腾的水

还有两周就飞了,张大小姐还在为纽约的酒店发愁。

自从张大小姐和党小明在普拉扎住了一个月以后,这个酒店就成了她在纽约的家。有人劝她买房子,她一直拒绝——买房子多累,要装修,要布置,还要雇人打理。她买房子只为投资。有一次,张大小姐出席路易威登的活动,碰到一个没落贵族的后裔,这个女人说她小时候就是在各种酒店长大的,从她爷爷辈开始就不住公寓,只住酒店,一住就一两年,再换个城市。这个女人会说八国语言,让张大小姐立刻非常仰慕:"那你现在也住在酒店吗?"

"没有啦,"这个女人用国际口音的英文回答道,"到我这代没钱了,住不起酒店了。这不,我也要打工挣钱了。哈哈……"

张大小姐很吃惊这个女人居然认为她的没落很可笑,她心想外国人真是看得开,多没面子的事情也能当笑话说。但是"贵族住酒店不买房"这事情她牢牢记住了,她觉得她可以用这个把自己和其他那些在纽约买房的中国富豪区别开来,她要拿出点贵族的感觉。

可是现在,张大小姐真后悔没在纽约买房,如果有房,她和丁强去住就太方便了。她可以买在苏荷区,一个大Loft(复式结构公寓),很爽的。或者买在上东区,有个朋友曾经告诉她楼上有一层要卖,问她要不要买。当时党小明要买,结果张大小姐坚决反对,说在普拉扎和皮尔（Piere）酒店常年包一个套房就可以了。那房子要买了，现在已经翻了一倍了，但是张大小姐却把现金肉包子打狗全给了普拉扎酒店的老板川普。而且，她现在又不能带丁强去住，普拉扎太是她和党小明共同的地盘，那里从门童到大堂经理没有一个不认识Mr. 和Mrs. Dang的。外国人没声调，所以"党"被老外发音就成了"当"。张大小姐如果突然带着丁强去住普拉扎马上就会被看破的。当然，这些酒店的人什么都见过，不会说什么，也不会跟Mr. Dang说什么，但是张大小姐自己会觉得不自在，她还是有点保守，有点碍于面子。

    问题是纽约中城五星级酒店都认识她，比如半岛酒店，只要她的名字一出现在系统内，半岛贵宾招待部专门负责招待张大小姐的Tony就知道这件事情了。Tony是个台湾人，很温柔，一旦知道张大小姐要来半岛，他都会免费派车去机场接。张大小姐下车的时候，Tony会站在门口迎接，并告诉张大小姐按摩师已经给订好了，如果大小姐需要，Tony会通知她一个小时以后去张大小姐的房间。还有张大小姐喜欢的普洱茶已经泡好，送到房间了，还有一盒小点心。

    自从嫁给党小明，张大小姐已经习惯了这种全球VIP的待遇，但是如果她和丁强去纽约，就住不了这些她熟悉的地方，在这些地方她太是Mrs. Dang了。她还不太能接受Mrs. Dang带着小情人去住酒店的

11 Eleven

沸腾的水

现实。她怕这些服务人员笑话她。

"You are mad!"(你疯了吧!)Roger跟她说,"They don't fucking care who you fuck! Just fucking tip them! BIG FAT JUICY tips solve everything! They won't tell your husband!"(酒店的人才他妈无所谓你跟谁上床呢!你就多给点小费!给他们肥厚的小费,他们才不会告诉你丈夫呢!)

"No,"(不行,)张大小姐很坚决地说,"it's not just that, I think they will think of me badly."(不只是告诉党小明的事,我觉得他们会对我有看法。)

"Oh my God!"(我的上帝!)Roger几乎绝望了,"Why the fuck would you care what the doorman thinks of you? You are so not suitable to be the ruling class!"(你干吗在乎给你开门的人怎么看你?你太不适合你的优越阶层的地位啦!)

"Fuck off!(去你妈的!)"张大小姐很自然地骂道,她说中文的时候从来不会骂人,连"他妈的"都不能说,可是她能很自如地运用英文中所有脏字,"I am begging you, Roger, find me a fucking hotel in Manhattan! Please!"(我求求你,Roger,给我在曼哈顿找个酒店。)

"OK! Princess, BUT!"（好！公主，但是！）Roger突然想讲个条件，他一直想带司徒二亮去纽约，自己西村的房子早卖了，又不想住在家里，也许，能借住一下张大小姐普拉扎酒店的豪华包间，"I want a week at your Plaza Suite!"（我要借你在普拉扎的豪华套房住一周！）

张大小姐早就知道Roger会提条件的，而且最近她发现Roger在谈恋爱，但是没人知道他的恋人是谁，创意部的人说他经常不来办公室，在家里办公，跟他打电话的时候听见背景好像有人，但是Roger一口否定，说是阿姨在打扫卫生。当然，张大小姐知道，阿姨再好，也没勤快到半夜十一点还在打扫卫生的。

"那你告诉我，你情人是谁。"张大小姐也提出条件。

"No. I find a hotel for you and your lover. That's the deal."（不行，我给你和情人在曼哈顿订酒店，刚才说的是这个交换条件。）

"Now, the stakes are higher, I need to know who you are sleeping with,"（现在这事情有点严重，我得知道你在跟谁上床，）张大小姐突然变得严肃了，"I tell you everything, it's not fair that you hold out on me. For all I know, you have told my secrets to this lover, and if he is Chinese, you have made me and

11 Eleven

沸腾的水

my family vulnerable. So I need to know who he is."（我什么都告诉你，你不告诉我不公平。再说，说不定你已经把我的秘密都告诉你的情人了，他如果是中国人，那他就掌握了我和我们一家的把柄。所以，我需要知道他是谁。）

这句话让Roger感到很内疚，有时候他忘了张大小姐复杂的家庭背景，总是觉得朋友之间传点八卦是无害的。他确实不知道司徒二亮是什么人，有什么背景，但是他真的跟司徒说了好多张大小姐的私事，张大小姐刚才的话，让他觉得必须把司徒二亮供出来。

Roger咬着嘴唇，皱着眉头，做出一副非常难以启齿的样子，对张大小姐说："好吧，但是你不能跟任何人说。"

"我相信你，"张大小姐说，"你就应该相信我。"

"OK，OK，you know him."（好，好，你认识他。）Roger说。

"司徒。"张大小姐马上猜到是司徒二亮，那天在孟主编的后台撞上的时候她就觉得这俩又好上了。

Roger很惊奇张大小姐一下子就猜中了："Does everyone know?"（大家都知道吗？）

"No, nobody knows. Your secret is safe with me."（不是

的,没人知道,你的秘密很安全。)张大小姐安慰Roger说。

"Pinky Swear!"(拉钩!)Roger伸出一个小手指头,要跟张大小姐拉钩。

"Pinky Swear!"张大小姐狠狠地拉了一下,说,"And you don't tell him mine either."(拉钩!你也不许告诉他我的秘密。)

"Ta ta!"Roger挥手走出张大小姐的门,他知道他不能把今天的对话告诉司徒,他心里有点紧张,他才意识到他是一个把闺密出卖给情人,又把情人出卖给闺密的双重间谍。"I am Mata Hari, and I am so fucked!"(我靠,我成了玛塔·哈利①了!)他自己跟自己说。

除了酒店问题,张大小姐和丁强的纽约之行还有很多其他的问题,比如去哪里玩。张大小姐很难想象自己带丁强去大都会博物馆或者MoMA(现代艺术博物馆),如果去的话,她要给丁强当解说员,这有点累不说,也很煞风景,一下子把两个人之间的各种沟都体现出来了。张大小姐最不喜欢当导游,尤其是带着一帮不会英文的中

---

① 玛塔·哈利:历史上著名的双重女间谍。

11 Eleven
沸腾的水

国人在美国镀金,她刚成立公司的时候干过这种事情。带着一个中国铝业代表团去美国考察,到纽约去了MoMA,她还特意温习了一下MoMA的收藏,结果她一边解说,这二十几个厂长轮流打哈欠,有时候还想摸摸画,差点被MoMA保安给轰出去。那次,陪到一半张燕就撂挑子了,居然把二十几个铝厂老大都交给Roger去带了。Roger那时候正缺钱,兴高采烈地带着这二十几个中国厂长在纽约看西洋景,其中包括纽约一年一度的同性恋游行。事后,这些厂长跟张大小姐说Roger是一个很好的导游,他们学到了很多东西。而Roger说厂长们很喜欢同性恋大游行,有一个厂长个子矮,居然爬到树上看游行。从此以后,张大小姐发誓她不带团了。

丁强不是厂长,但是张大小姐还是要找她不用扮演导游的地方,她努力找她自己也没去过的纽约,比如自由女神像、康尼岛(Coney Island)游乐园,就是纽约的欢乐谷。出乎张大小姐预料的是,丁强说要多在SOHO逛逛。张燕觉得这是很奇怪的事情。

周一是Roger和司徒约会的日子,他们不住在一起,一周也就这么一回,而且每次做的事情都一样。当全北京的白领都在开例会的时候,司徒和Roger却在新源里逛菜市场。这是他俩最大的共同点——不仅都是吃货,而且都很会做饭。每个周一早上十点两个人就约在新源里菜市场,进去之后先各买一个油酥火烧,一边吃一边买菜。他们非常认可48号摊位的牛羊肉,真好,司徒喜欢烤羊肩,Roger喜欢牛肋间肉,还有各种他们喜欢的蔬菜,秋葵、球芽甘蓝。有一次他们还找到了朝鲜蓟,两人高兴坏了!这天该司徒做饭,他决定做龙虾,两个人买了龙虾、牛排,就回到Roger新城国际的公寓里去了。

Roger的公寓谁去谁说赞,像一个宫殿一样,他运用颜色的本领只能说是天赋,学是学不会的。另外就是他可以把潘家园和小商品市场的破烂儿变成艺术品,司徒不止一次夸Roger有化腐朽为神奇的能力。

这天他们拎着十几个塑料袋的食物,进门的时候,两个人争吵得火热要不要用那种带两个轱辘的拖拉袋去买菜。司徒说太像街道里的大妈,坚决不用;Roger说那个小拉车太好用了,而且宜家的很漂亮;司徒说,如果Roger拉着那个车子他就不去跟他买菜了,除非那小车是路易威登的;Roger说司徒有名牌依赖症,他要给他治病。

司徒说要吃龙虾,Roger就烧了一锅水。等水开的时候,两个人各自端一杯红酒开始聊天。

其间,Roger一直在想怎么告诉司徒,他已经把他俩的事情告诉

11 Eleven
沸腾的水

了张大小姐,每次他想开口,看见司徒的笑脸和左边的一个酒窝,他就不忍心说了。Roger怕司徒生气不理他,他开始对司徒有点动情了。但是他觉得他必须告诉司徒,虽然他不知道司徒是干什么的,但是他怕这种信息的走漏会影响司徒的仕途,如果司徒有仕途的话。有的时候他会旁敲侧击地打听司徒的工作。"你那些收藏是为了那个政府机构吗?"他会问。

"怎么可能!你觉得中国政府会收那么多光屁股油画?"司徒总是以"你老外懂个屁"的态度把Roger的所有猜想驳回。

"那你上次不是说,有的作品收了就是为了不会再被公众看到吗……"Roger有他的小灵感和坚持。

"那是为了升值!"司徒像对孩子一样拍了拍Roger的脸蛋,"我们在商言商,不管政治。"

两个人把一瓶红酒喝了大半瓶,锅里水也快开了,Roger磨磨叽叽地开始预热这个话题:"Sweetie, why don't we go to New York sometimes? You know, get some fresh air."(亲爱的,我们为什么不去纽约玩玩?呼吸点新鲜空气。)

"你肯定纽约空气比北京好吗?"司徒一边看着锅里的水,一边质疑Roger的说法。

"I am not talking about the pollution, I am just saying we can hit the museums and restaurants, you know change scenery."（我不是说污染的事情,我是说咱们去纽约看看博物馆,尝尝馆子,换个风景线。）

"好啊!"司徒说,"水快开了!你请客哈!美国便宜,但是纽约还是挺贵的。"

"没问题!"Roger知道司徒是非常抠门的,他从来没想AA制。他想拿白住张大小姐公寓说事儿,或许司徒就不会生气了,"We can stay at the Plaza, as long as you like!"（我们可以住在普拉扎,爱住多久住多久。）

"真的吗?"司徒转过头看着Roger,"那当然好,你是不是睡过那里的总经理啊?"

"Nope."Roger很轻松地说,"My sister is getting married next month, so I have to go back for the wedding. Why don't you come with me, Yan said we can stay in her Plaza suite."（不是。我妹妹下个月结婚,我要去参加婚礼。你可以跟我一起,燕说我们可以住她的普拉扎套房。）

司徒觉得一股热血冲到他天灵盖,但是他还是克制住了,问了

11 Eleven
沸腾的水

一句:"燕,哪个燕?"

Roger看不见司徒的脸,所以很漫不经心地说:"The one and only Zhang Yan, of course. Who else has an empty flat in the Plaza."(当然只有一个张燕,谁还能在普拉扎有一个空套房。)

司徒没有转头,只是问:"她知道咱俩的事儿吗?"

Roger觉得这是他的时机,他继续装得没什么的样子说:"Yeah, I told her."(是的,我告诉她了。)

司徒气得浑身发抖,他不知道跟这个外国人说了多少次这件事情必须保密,奶奶的,他居然告诉了最不该知道这件事情的人,就为了换点旅馆的钱。司徒突然感到一种按捺不住的怒火,端起面前已经滚烫的开水全部倒在Roger头上。

Roger一声惨叫倒在地上。司徒已经扬长而去。

12
Twelve

栽赃

12 Twelve
栽赃

"唉！"詹付红叹了口气说，"我这不还有一年半就退了吗？小明啊，不是你詹大哥不帮忙，但是我现在说话下面不听啊！那个陈什么警官我是狠狠地说过他的。但是我哪知道他还雇了一个河北退伍警察跟踪你！！！这真的太过分了。"

党小明面无表情地看着詹付红，对他的话半信半疑吧。这种头上有乌纱帽的人说话不能不信，也不能全信。他党小明当然清楚这位副部长也就一年半有效期了，但是他敢保证这个老头子也没特别认真地去办这件事，快退休了，怕惹事。"詹大哥，你这就见外了！"党小明说，"其实陈警官对我有偏见很正常，他十几年前调查过我，后来张燕妈妈在纽约有点急事把我叫去处理，我没告辞就走了。他大概以为我是外逃啦！"说完党小明哈哈大笑。

"是啊，是啊，现在有电脑，可以边控，这类事情就不会发生啦。"詹付红说完就后悔了，用不安的眼神看着党小明。

"就是，你看你是不是赶紧下令把我们一家都边控一下啊？哈哈！"党小明说。

"玩笑大了，我就是随口一说。小明，你别认真啊！"

"没事，边控也没关系的，我最怕出国，那西餐实在吃不惯。不过，我老婆过两天要去纽约度假，还是先把她边控起来吧。"

"别开玩笑啦,"詹付红突然觉得这话里有话,"小明,这事情你看这样好不好,我再找陈警官谈一下,看看他到底什么打算。"

"不用了,他无非是要置我于死地而已。不过他部门从外面调警察来北京的批条是你詹部长签的哟。"党小明的"哟"声高了八度,听着很刺耳。

"不可能,不可能,我马上去查一下。"詹付红突然有点尴尬,打电话给助手询问道:"小朱,你帮我查一下,中心那边有没有调用一个河北的民警,对,就这一两个月,叫丁强。快点啊,马上给我汇报。现在就去。"

詹付红挂了电话,看见党小明又点了一根烟,丝毫没有要走的迹象。他知道今天这个事情不解决这个党小明是不会饶了他的。詹付红真的很怕这种人,有钱有势,这次还有理,毕竟那件私人的案子已经结了,就是这个姓陈的死死揪住不放。他突然不知道该说什么了,空旷的部长办公室突然变得非常安静。詹付红只好坐下,也给自己点了烟。

"叮叮叮",电话终于响了,詹付红赶紧接起来:"喂,小朱,怎么回事?好的。我知道了。"他把电话挂了,深呼吸了一下,对党小明说:"小明弟,这事情大了,这个丁强是陈警官私底

12 Twelve
栽赃

下从河北叫到北京的,不是正式的借调。"

"哦?"党小明对这个消息很感兴趣,"他自己调的?这严重违反纪律吧?"

"那当然了,"詹付红说,"我马上可以调查他,轻则处分,重则让他坐牢。这姓陈的胆子太大了。"

"我觉得他不是胆大,是自我膨胀,"党小明恶狠狠地说,"他太清楚如果把我办了他就有业绩了,出名了,可以高升啦!"

"这事你不用操心了,"詹付红说,"给你添麻烦了,是我的问题,我马上处分这个姓陈的。简直无法无天啦!"

"詹大哥且慢!"党小明这时候终于从沙发上站起来,走到詹付红旁边,虽然房间里没人,他还是凑到詹耳朵旁边扒着肩膀说悄悄话,"这事复杂,河北那个死者是……唉……是我老婆在纽约的情人,你处分陈警官就得彻查那个姜平,这事情要是进了档案,首长的脸面……"

"哦?"詹付红有点吃惊地说,"难道这是真的?"

党小明痛苦地点点头。

詹付红拍拍党小明的肩膀说:"老弟,我明白了,你真的用心良苦,我懂!我懂!这事情我知道怎么办了。只是便宜了那个姓陈的。"

"你理解就好。"党小明满脸苦涩。

詹付红这时候拉起党小明的手说:"咱们大男人就得多点担待,正常,正常!这事我明白了。调虎离山。你放心。"

党小明心里想,这姓詹的真不是一个明白人,不知道他怎么混到副部长的,难怪要退休了。要都是这样非要把窗户纸点破才看见亮的不懂事的干部,他得累死。做事一点不仔细,连他党小明都知道丁强不在公安系统了,但是他不能把这姓詹的该干的活儿都给他干了,现在看来指望詹自己去好好办事是不可能的。想到这里,党小明还真的为国家安全担心了一下,这么粗枝大叶的领导,得让多少坏人都漏网了,也许他该在下次政协会上做个提案。

张大小姐终于找到了中意的纽约酒店——斯坦达德酒店(Standard Hotel)。这个酒店在华盛顿街,属于纽约的下西区,就在哈得孙河边上。曼哈顿这个岛被两条河夹在中间,东边是东河,西边是哈得孙河。张大小姐上学的时候,这个酒店所在区域都是肉食批发市场,所以也叫肉库区(Meatpacking District)。那时候好多穷艺术家就住在这里,房租便宜,地方大,姜平在纽约的公寓就是在这里。也巧了,张大小姐的大学也在哈得孙河边,大概往北120英里(193公里)吧,姜平曾经跟她说,想我了,就顺着河往南飞吻吧。

12 Twelve
栽赃

　　张大小姐纠结半天是订一间房还是两间，结果她发现斯坦达德酒店有个拐角房，和旁边房间是通的，打开就是一个特大套间，锁上完全是两个房间，她就把两间房子都订了，但是关照酒店房子之间的门不要锁。

　　除了旧地重游，张大小姐选择斯坦达德酒店还有一个原因，这个酒店是High Line（高线）的起点。High Line是一条被废弃的架高的纽约地铁线，原来要被拆除，下东区的艺术家们居然说服纽约市政府把这条废弃的地铁轨道变成了一个公园。从斯坦达德酒店一直可以往北走二十几条街。张大小姐没去过这个公园，她和姜平好的时候经常在铁轨下面散步，那时候姜平说，他唯一羡慕纽约有钱人的地方就是可以住在公园旁边。

　　除此以外，张大小姐不想去回顾过去的事情，以前她和姜平想去做很多事情——比如看百老汇演出，比如去林肯中心看现代舞，还比如去东村的酒吧听现场音乐，但是没钱这些事情在纽约干不了。最后，他们只混进酒吧几次，什么百老汇、林肯中心都没去过。结婚了以后，她从来没想过带党小明去，太麻烦了。党小明不懂英文，她要翻译，再说，张大小姐知道，她的土豪老公一直把剧场当作打瞌睡的场所，不出声就是很客气的。其实丁强也不懂英文，但是张大小姐毫无顾忌地订三场百老汇最牛的演出票。

张大小姐还想订音乐会,但是她想起来Roger曾经警告她,别把日程安排那么满,两个人优哉游哉才是最有感觉的时候。张大小姐随手给Roger打了电话。

"你好,国际SOS急救中心。"

"Roger?"

"您好,请问你找哪位?这里是SOS急救中心。"

"对不起,打错了。"张大小姐把电话挂了。她心里感觉有点怪,但是还是比较肯定自己打错电话了。她去Roger的办公室,人也不在,创意部的人告诉她Roger这周就没来上班,打电话也找不着,他们还有两个方案要和他讨论,但是Roger消失了。

张大小姐突然觉得这事情可能不对头,又打了Roger的手机,还是国际SOS急救中心。"你那里有没有一个叫Roger Haris的美国病人?"

"请稍候……"

张大小姐端着电话开始骂Roger的秘书:"Roger住院了,你怎么什么都不知道?太不像话啦!找不着人也不告诉我!"

"老板,Roger说他和一个朋友有点事,这几天不来办公

12 Twelve

栽赃

室,早上九点和下午两点他给我们打电话,叫我们不要打搅他。"Roger的秘书委屈地看着张燕。

"那他打给你们了吗?"

"第一天打了,这两天没打。"秘书满脸委屈,"我们真的不知道他病了。"

"不会是艾滋病吧,老板?"办公室的某一个格子里一个员工大声问。

"你跟他做爱啦?"另外一个格子里有人开玩笑地回答。

"别胡说八道,都回去干活!"张燕生气地吼了一声。这时候,手机里的国际SOS前台终于有反应了:

"我们这里有一个烫伤病人,病人叫Roger什么,我念不出来。"

张燕立刻挂了电话,冲到楼下,跳进她的奔驰车向三里屯国际SOS急救中心冲过去。

"Roger Haris?!他在哪个房间,我要找Roger Haris!!"张燕在大堂里大声问前台。

"Are you a relation to Roger?"(你是他亲戚吗?)一个外国医生走过来问。

"No, but I am his employer, probably as close as to a

relative as you can get in China." (不是, 但是我是他老板, 也能算是他在北京的唯一亲戚了吧。)

医生想了想问道: "Dose he have medical insurance under your employment that covers international SOS emergency transport?" (他有保险吗? 保险包括国际救援的运费吗?)

"He does and yes it is covered under his plan. But I am willing to pay whatever medical cost there is anyway. Can I see him?" (他有保险, 包括国际救援, 就是没有, 我也愿意支付所有费用。我能见他吗?)

"You cannot see him. He was seriously burned especially on the scalp and face. It's as if it rained fire on him. He needs to go back to New York. They can take better care of him there." (你不能见他。他的烫伤很严重, 整个头皮和脸, 就像在他头上着火了一样。他需要回纽约。那里能给他更好的照顾。)

"Where is he? I just want to see him, please, please!" (他在哪里? 我就想看见他, 求求你啦!)

"I know you think it might comfort him to see you, but he is heavily sedated and bandaged, I strongly advise against it. For

12 Twelve

栽赃

your sake and for his."（我知道你想安慰他,但是他在昏迷状态,我不建议你看他,为了你好,也为了他好。）

这时候旁边来了一个护士,跟医生说:"The patient is ready, doctor."（医生,病人准备好了。）医生转头看着停在医院侧门的救护车,张燕默默地跟在他身后,到最后一道门的时候,医生转头向张燕摇了摇一个手指头,示意她不要再跟着了。张燕停顿了一下,等到医生完全出门了,她悄悄推开门,从门缝中看到担架床上躺着一个被纱布裹得像木乃伊一样的躯体,顿时她想起了姜平的尸体,她觉得她要撑不住了,扶着门坐在地上,呜呜地哭起来。她觉得在这个世界上她怎么这么孤独。

张燕在国际SOS待了半个钟头,医生给了她一些药物,让她精神慢慢缓过来点。

"Doctor, how did Roger get to your hospital?"（医生,Roger是怎么来医院的?）张燕问医生。

"We picked him up, found him unconscious in his apartment. Good thing we got there pretty quickly."（我们去他公寓把他接来的,他那时候已经昏迷了,还好我们赶到得比较及时。）

"But how did you know?"（那你们怎么知道的?）张燕

追问道。

"Someone called and reported it."（有人打电话来让我去的。）

"Male or female? any name？"（男的还是女的？留名字了吗？）

"Male, we record every call, do you want to listen to it？"（男的，我们有电话录音，你想听吗？）

录音放了一遍，张燕就傻了。电话里是一个中国男人，说有个老外被烫着了，在什么地方。最后留下来的名字是党小明，联系电话也是党小明的手机。张燕当然知道这个声音不是她丈夫，但是这又是什么人？这么恶毒！

丁强和老陈对纽约之行的准备也差不多了，老陈打着国际刑警中心的牌子让美国警察给了他很多姜平的材料，他和丁强像淘金一样把这些材料一点一点分析。这里面有一个疑点，据张大小姐说，姜平因为砸了画廊去坐牢了，判了六个月，而张大小姐身怀八个月身孕，只好投奔她妈妈了。纽约警察记录里显示姜平的确被拘留了，但是因为画廊老板没有起诉，所以这个案子就被放弃了。姜平在里面待了一周，就出来了。

"那她为什么撒谎？"丁强问。

"她不一定在撒谎，"老陈说，"我总觉得她也不一定知道真情。"

12 Twelve
栽赃

"那谁跟她说的姜平进监狱了?"丁强问。

"可能性很多,"老陈说,"张燕看见姜平被警察带走,她可能就这么认为了,也可能是她现在的丈夫告诉她的,也可能是她妈妈。"

"就是那个……"丁强睁大眼睛看着老陈。

"有可能。"老陈想了想,"亲情和利益关系都搅在一起的时候,人会做出很奇怪的决定。"

"不奇怪,"丁强说,"她妈肯定想让她嫁给大款呗,这个我明白。"

"你不觉得这样做很势利?"老陈问。

"这叫什么势利啊,现在不都是这样吗?都得问清楚有多少钱,有没有房。"丁强站起来,伸了个懒腰,他还是不习惯坐着一天看文件,觉得特别累,"我只是说啊,她张大小姐不缺啥啊,已经是人上人啦!不用再嫁大款啦。嫁个艺术家不是也挺好嘛!"

老陈突然感觉老了,没想到年轻人现在都这么实际,这么看得开。他一时说不清这是好,还是不好,就是不太习惯。老陈想,张大小姐的妈妈大概跟他的想法更相似,嫁女儿要门当户对啊。

"还有两天你就该走了,"老陈拍了一下丁强,"我再跟你练一下英文吧?"

"Yes, Sir！"（是，先生！）

就在这时候，老陈办公室的电话响了。

"喂，我是……"

"……"

"好的，我马上就过去。"

"谁啊，头儿？"丁强问。

"詹部长。又叫我过去。不知道什么事情。"

"就是上次不让你再接着调查的那个部长是吗？"

"是的。你别走，在这儿等我。"老陈说完就匆匆忙忙地去见詹付红了。

一进门，詹部长居然笑脸相迎，一把抓住他的手，紧握不放，老陈受宠若惊，不知道部长是什么意思。

"老陈啊，公安就是需要像你这样英文好的人才，你看现在合作越来越多，好事啊，好事！"詹部长还是抓着老陈的手。

"詹部长，您这是要发我奖金吗？"老陈尴尬地说。其实他不知道该说什么。

"奖金？哈哈！"詹部长大笑道，"奖金是给年轻同志的，老陈啊，像你这么负责任的同志我们是要给你更多更大的任务哟！"

12 Twelve

栽赃

"一切听领导吩咐。"老陈瞬间有点高兴,如果部里同意他继续调查姜平的死因,让他去纽约就好了。

"你看,我们越来越需要国际刑警跟我们合作,分享信息。这中国发展了,犯罪分子也越来越机灵了,很国际化了。"詹部长似乎语重心长。

"是。"

"所以部里决定派你去里昂。"

"里昂?"老陈也糊涂了,"法国的里昂?我英文还行,法文不会啊,詹部长。"

"国际刑警总部在里昂啊,老陈同志。我们有这么多贪污犯、诈骗犯潜逃海外,你要去里昂争取更多的合作机会,把这些坏人抓回来!"

"哦……"老陈什么话也说不出来了,去法国是个好差事啊!出国就能攒钱,真能出去几年说不定他女儿出国留学的费用就有了。要是知道他能去法国,那个不让他看女儿的前妻八成也就软了,他就能见到闺女了。好几年了,只有春节,闺女去看爷爷奶奶时他才能见到。

"一周内就得去里昂报到了啊。"

"一周？"

"是啊，好几个大的国际案件需要你去协调。"

"能给我一个月时间吗，部长？"

"老陈，你今天晚上考虑一下吧，如果不想去我们找别人。"

老陈再也没说什么，支支吾吾地说了句"服从命令"就走了。

回到办公室，丁强紧张地看着老陈，觉得他情绪不对劲，赶紧问："部长说你了？挨批评啦？要写检查吗？"

老陈不说话，递给丁强一根烟说："小伙子，我得跟你说点实话，咱这案子压根儿就不是部里的，你是我调来的，不是部里调来的。但是我要外派了，你……你就真的失业了。"

老陈真的觉得特别对不起丁强，低着脑袋坐在办公桌前。

"这有什么啊！"丁强乐呵呵地说，"我就觉得这差事好得离谱！您想想，我在河北被开除了，就来北京了，还在部里，但是也不培训，我就觉得挺可疑的，可是您还给我开那么高的工资，还是现金。我就觉得这里面有故事。"

老陈吃惊地看着丁强："那你不说？"

"我说什么！我有房住，有钱花，还能学东西，挺好的。"丁强叹口气说，"只是好景不长哟！您这是算高升了吧？"

12 Twelve
栽赃

"高升倒也没有,我越想越觉得这是调虎离山,给我个美差,让我不再调查姜平的死因和他要带回来的情报。"

"头儿,我可以给你继续查这案子。"丁强说。

"你一个人?一个失业青年?你怎么查?别开玩笑了。"

"头儿,我可以靠张大小姐啊,我现在跟她聊天聊得可好了。"

这段时间,丁强的确进步很快,不仅已经成为张大小姐的蓝颜知己,还能整句整句地喷英文了。

"那你靠什么在北京生活啊?"老陈问。

"我让张大小姐给我找个工作呗。"丁强说。

老陈突然觉得这个小孩说得没错。他突然又兴奋了:"但是这事挺悬的,你很可能一不留神就被抓进去了。"

丁强想了想,很正经地跟老陈说:"头儿,我虽然是个农村孩子,也没见过什么世面,但是我觉得张燕是个好人,她好像对姜平还是挺有感情的,说起他来眼圈就红了……"

刚说到这里,张大小姐突然破门而入,当她看见丁强在陈警官办公室时非常诧异,但是她也顾不上那么多,一步冲上去对老陈说:"我要报警,有人要烫死我朋友,还栽赃我丈夫!你要帮我查这个案子!"

13
Thirteen

存 在 感

13 Thirteen
存在感

看见丁强在老陈办公室,张燕只是一愣。可是丁强看见张燕闯进来,本能地想躲起来,但是老陈办公室太小,他除了钻桌子底下,没有其他藏身之处了。还好老陈一把拦住丁强,把他按在椅子上。

"来吧,我们仨摊牌吧。"老陈说,顺手也给张大小姐递了一把椅子。

张大小姐还没坐稳就开始快速地把她的所有疑问吐出来:"陈警官,有坏人烫伤了我的朋友Roger,他已经半死不活,肯定毁容了。还栽赃在我老公身上,这是不可能的,我老公根本不怎么认识Roger。"

"你慢点说,"陈警官示意丁强去给张大小姐倒水,"先说Roger怎么烫伤了?"

"SOS医生说从伤势来看,一定是有人往他头上倒了开水或者燃烧着的炭。我怕他肯定毁容了,"张大小姐开始抽泣,"他再不会理我了。"

"张女士,只要Roger能活下来,我想你们俩还是可以有机会讲和的,对不对?我们还是先抓凶手吧。我觉得这个案子和姜平可能有关系。"

"啊?"张大小姐和丁强不约而同地说。张大小姐以为姜平的死案已经画句号了，而丁强更是不知道老陈葫芦里卖的什么药，这两件事情其实根本不能扯到一起去。

"张燕同志，我这么叫你OK吧？我把姜平的案子给你介绍一下吧。"老陈拿出一大箱卷宗递给张大小姐，"这是这么多年来我在查的走私案件，在中国所有港口都发生过，这些都是国外货品非法进入中国关口的案子，而且都是大案子。你知道，在一个GDP双位数增长的国家，没人过问这些事情，因为每个发大财的人，比如你老公党小明，可能都有一些说不清楚的故事。"

"你是说我老公和这些案件有关系？"

"我没有这么说，但是我想说的是很多企业家都有原罪的嫌疑。不仅是你老公。"

张大小姐有点不高兴了："陈警官，你是不是对自己现状很不满意？这么多年，这么多案子都破不了。"

"我是不满意，张燕同志，我原来是专门管走私案子的，十几年前查过你丈夫党小明，但是就在要和他谈话的前一天，他走了，出国了。等他回来时已经是你的丈夫，我就不能继续追查了。"

"为什么？"

"你不会问这么幼稚的问题吧？你妈妈是谁？我们敢随便查吗？"

13 Thirteen
存在感

"哦。"张大小姐想了一下，突然站起来，走到老陈跟前说，"陈警官，你是执法人员，党小明不是，我妈妈也不是，我们都各就各位吧，如果你该执法的人员不执法，这个错误是不是从你这里开始的？党小明娶了我你接着查，你别阴阳怪气地暗示我妈妈跟这事情有关系，你有证据吗？我妈妈给你写条子了？你们这些中层干部，自己捞钱，出了任何事情都不负责任，就知道往上面推。陈警官！我的前男友被害了、我的朋友差点被人家烫死，我到你这里来报警，你倒好，屎盆子全栽在我们一家头上！"说着她两手并在一起伸过去，"来啊，你把我拷走吧！"

老陈的办公室里突然特别安静，好像一个核弹刚在这里爆炸，所有人都不说话了。张燕还在生气。她心里想，中国搞不好全怪这些不负责任的中层干部，天天揣摩上面的意思，根本不知道自己本职工作是干什么的。老陈心里也在责怪自己看错了张燕，根据丁强的汇报，老陈以为张燕并不会维护党小明，这么多年他都很小心，既要执法，也要不得罪领导，这一时疏忽突然说了真话，怎么收场成了非常现实的问题。

"燕姐！你还没问我怎么会在陈警官的办公室呢？"丁强乐呵呵地说。张燕不说话，像对孩子一样拍了一下丁强的脑袋，理了理他的头发。这些动作让屋子里的气氛有些好转。"我是陈头派去保护你的。"丁强说,"我发誓,他是觉得你丈夫不是好人,怕他害你。所以派我去跟着你,怕你出事。"

张燕不理丁强,开始翻阅老陈给她的所有材料,里面有很多照片,她一张一张地翻看得很仔细。老陈看了丁强一眼,没想到这个农村来的80后居然这么灵,还能帮他解围。"是的,是的。张燕同志。小丁说得对,是我派他去保护你的。"张燕斜眼看了老陈一眼,不说话,接着翻阅卷宗里面的照片,她从每个卷宗里面都抽出一张照片放在旁边。

张燕不抬头,这时候她很像她妈妈,得了上风,不能这么快下来。讲话像法官对嫌疑犯:"老陈,那你给我介绍一下姜平案子的来龙去脉吧。"

老陈长叹口气:"照片你看见了,和很多走私嫌疑犯一起吃过饭的人就是姜平。"老陈瞄了一眼张燕从卷宗里面挑出来的照片,每张都有姜平,张大小姐还在埋头打开更多的卷宗。

"过来,帮我!"张燕招呼丁强。

"唉!"丁强响亮地回答,让张大小姐有点想笑。

"陈警官,到底是我前男友还是现任丈夫是走私头子啊?"

13 Thirteen
存在感

老陈听出来张燕气还没消，本来想说点好听的，犹豫了一下，觉得这辈子不能做官无非就是不会拍马屁造成的，现学有点晚了。不如还是实话实说，反正已经把这个大小姐得罪个死了。"他们俩应该都不是，我十几年前怀疑你老公走私，那时候我还在查其他几个走私案，厦门、威海、北海都是走私贩喜欢用的港口。我是追其他走私犯才发现姜平的。这些走私嫌疑犯都认识姜平。我给部里打报告要求去美国访问姜平，部领导没批，我也被调到非洲去了。这些走私案就没有人跟了。"说着，老陈又抱出一堆卷宗，"这些档案都是我以前留的，十几年没有人继续跟这些案子，一直到去年我被调到国际刑警中心。"

"怎么了？非洲不适合你吗？"

"我不适合非洲吧。那是另外一个故事，反正两年前我被调回来了。刑警中心就是一个闲差使，一般没什么大事。大概半年前，纽约那边来消息说有一个长期走私的罪犯要求回中国自首。而且能够提供整个走私网络的名单，包括政府中一些重要干部，这些人都曾经帮助走私过。"

张燕这时候觉得老陈没她想的那么坏，他不是一个不负责任的中层干部，反而是一个无能为力的中层干部。

"这个人是姜平？"

"对。我们发现这些人都去过纽约，都见了姜平。当时，我的确以为姜平就是一个走私集团背后的大头头，是黑手，一直到国际刑警告诉我要回来自首的就是他。我就觉得如果他真是走私头脑，为什么要回来自首，他好好在外面吃香喝辣不挺好？国际刑警说，姜平不是头，还说他回来的目的是为了家人。可他没有家人了，他父亲多年前就去世了，母亲也跟着走了。好像有个堂姐在美国，姜平去美国留学就是他堂姐填的经济担保，但他堂姐在美国多年，早就扎根，姜平没有理由为了她回国。所以到底是什么促使姜平要回来，还要把走私团伙这边的关系连锅端？很奇怪。这世界上没人无端端地干坏事，更没有人无端端地干好事。"

"那你为什么不早点跟我说这些事情？"

"你和这个案件关系太复杂了，我没法儿跟你说。"

"所以你就派丁强去跟踪我？"

"燕姐，老陈真的是要我保护……"丁强还想和稀泥，被张燕一道眼光制止了。

"那你说吧，你有什么新线索？陈警官！"

"老实说，几乎什么都没有。通过国际刑警，我和姜平约好了

13 Thirteen
存在感

见面时间,但是就在我们见面的前三天,他在河北遇难了。"

"在半挂坡?"张燕问。

"对的,我们不清楚姜平去那里干什么,但是我们知道他可能要在那里等一个人。我们也不清楚是谁。据当地人说,姜平和当地一群流氓吵起来,然后就动手了。当地报告说这次完全是误杀,不是蓄谋已久的凶杀。"

"你信吗?"张大小姐问老陈,这次她的问题是真诚的。

"肯定不是,"丁强突然站起来说,"那些后来被抓到参与打架的人,没一个是本地人,说话都带南方口音的。姜平肯定不是误杀,我当时跟队长说了,他说我多管闲事,要我闭嘴。"

"你俩都认为姜平是被害死的?"张燕问。老陈和丁强都点头。"那是不是同样的人也要害死Roger?是不是姜平找过Roger?他俩在纽约的时候就很好。"

"姜平死的时候,我们在他的遗物里面只找到了你的电话号码,写在一张纸条上。没有别的线索。"

"国际刑警告诉你他要回来的时候,英文原文是什么你还记得吗?"

记得,当时那边的警官叫Shinkfield,他说:"He said he

wants to come clean because his family wants to go back to China. He does not want to cause them any trouble."（他说他想洗清自己，因为他的家人要回中国住。他不想让他们受牵连。）

"你们肯定后来姜平就没有女人吗？"

"没有，这个我们调查过。"

"好吧。"张大小姐从她的Prada手包中拿出一个折叠包，开始把所有卷宗往这个口袋里装。

"你要把这个拿走吗？"陈警官警惕地问。

"嗯。"

"这个你不能拿走，我根本就不应该给你看的。"

"是吗？"张大小姐不以为然地说，"这卷宗早就应该被烧了，你偷偷把这些给搜出来，留下，本来就违反纪律，我当然可以拿走，因为这些卷宗本来就不存在。"

"那你等一下，"老陈说，"我还有话跟你们俩说。"

张大小姐放下手里的卷宗："说吧。"

"丁强已经被开除了，张燕，就是因为你和他的事情。"老陈说，张燕顿时脸红了，"我把丁强调到北京来其实没有通过部里允许。"

13 Thirteen
存在感

"头儿,"丁强认真地说,"管他允许不允许的,反正我肯定跟着你,把这案子调查清楚。然后,我回家种地去!"

老陈颇为感动地拍拍丁强的肩膀,转头非常诚恳地看着张燕:"我跟你说实话,丁强是我叫来监督你的,想利用你对他的好感,但是这孩子是个好孩子,你如果真的想知道谁害了姜平,我觉得答案在纽约。原本我是打算要和丁强一起去纽约调查姜平的过去,但现在不行了,我得走了。"张大小姐突然感觉有点恐慌:"你要去哪里?"

"组织上刚通知我,我要被调到国际刑警总部去了。驻外,不留在国内了。"

"头儿,这是好事啊!你高升啦!"丁强像个孩子一样,不顾自己马上要成为断了线的风筝,反而替老陈高兴起来。

"你先别乐,"老陈对丁强眨眨眼睛说,"我走了,你就真的是失业流民了,在北京你连暂住证都没有,会很麻烦的。以前我给你的工资都是我找票在部里报销给你的,我走了也就没这个钱了。"

"那你给我的一千刀是哪儿来的?不是部里给的经费吗?"这次丁强是真的惊讶了。

"不是的,那是我的私房钱,你和张燕去美国,不能分文没有。"

张燕看着这两个警官，心里想，现如今多少警官不是在利用自己的身份去捞钱，哪听说过用自己私房钱去办案的！她对老陈多少起了一些敬意。

"放心吧，陈警官。丁强的事情我管。你就放心上任去巴黎吧。"

"不在巴黎，在里昂。"老陈说，"等一下，你是要接着调查这个案子吗？"

"陈警官，你把我这辈子爱过的人都扯这案子里来了，你说呢？"张大小姐说。

"我理解，但是你要小心，走私团伙很多已经不再走私了，原来的黑钱已经洗白了，很可能现在都是体面人了，你要当心。没有人喜欢揭老底的，而且这里面牵涉到很大的利益。会很麻烦。"

"你什么意思？"张大小姐问。

"我的意思是你帮我照顾丁强就好了，这个案子你还是不要碰。卷宗你要带走就带走。反正这些案子都已经算是结案了，档案也应该是不存在的，我觉得你还是不去碰为好。"

"那你为什么要穷追不舍，没完没了地追这个案子？"

"唉！"老陈深呼吸了一下，说，"张燕，我要是告诉你是一个一事无成的老警察刷存在感，你信吗？"

13 Thirteen
存在感

张燕愣了一下,没说什么,只是把所有卷宗都塞到口袋里,伸出右手说:"陈警官,我们保持联系,丁强我会照顾好。"然后转过头来对丁强说:"你跟我走吧,咱俩有好多事情要做。"

虽然片刻前已经和老陈说过,但此时此刻丁强还是有些惆怅。出门之前,他冲上去紧紧抱了老陈一下,顺势偷偷把那一千美金又塞回老陈的衣兜里。这一切老陈不知道,但是张大小姐看得一清二楚。

张大小姐和丁强出了公安部,决定坐公交车去丁强的公寓。来到公寓门口,张燕以为丁强会不好意思让她进去,因为一般这种单身汉的房间都脏乱不堪,没想到丁强毫不羞涩地把张燕带进房间,就是一个不到六十平的小房间,既是客厅,也是卧室,像一个旅馆里的房间,没有别的地方坐,只能坐在床上。屋里的整齐让张燕吃了一惊,丁强叠的被子,几乎还跟部队的豆腐块差不多,就差有棱有角了。

"你要喝什么吗?"丁强问张燕。

"不用了,咱们再把卷宗过一遍我就回家吧。"张燕说。

"我给你泡点茶。没什么好的哈,你凑合点。"

张燕把所有卷宗都倒在丁强的床上,又开始找照片了。"除了姜平,我觉得这里面还有我认识的人,但是又没找到,你来帮我翻一下。"

丁强把泡着花茶茶袋的杯子递给张大小姐,被张大小姐立刻放在地上了,说太烫了,凉一凉再喝。两个人几乎头对头把所有照片找出来,一共278张,横跨十几年时间,这十几年,正是张燕离开姜平后的十几年,也就是说姜平没有坐牢,而是去搞走私了。

张大小姐不理解一个人,一个她爱过的人怎么可能有这么大的变化,怎么可能一转眼就走上犯罪道路,然后再一转眼又要弃暗投明。动机是什么?

"我发现这些照片好像都是在中餐馆。"丁强说。

"我看看,"张大小姐仔细研究了一下,"你说得对,但是看不见这个中餐馆叫什么,不然我们去纽约可以去找这个中餐馆。再仔细看看,说不定能看见一个菜单什么的。"

两个人在那里找了半天,还是没任何线索,张大小姐渴得连茶袋泡的茶都喝了。突然,两个人同时高喊:"找到了!东百老汇47号!"原来后面一个贴在墙上的外卖指南上写着餐厅的地址:东百老汇47号。丁强和张燕高兴得抱在一起,这是他俩自从官厅水库以后第一次有身体的接触。

张燕觉得丁强把她搂得特别紧,当她抬起头来的时候,丁强看

13 Thirteen
存在感

着她说:"我可以亲你吗?"之后就拿嘴唇满满地覆盖了张燕的嘴唇。丁强的一只手很自然地伸到张燕的衬衫里,轻轻地抚摸着她的右乳房。这时候丁强贴着张燕耳朵说:"其实我每次见到你,都想摸它。"

14
Fourteen

寻欢作乐的意义

14 Fourteen
寻欢作乐的意义

"Roger出事了。"张燕对党小明说。

"呵呵。"党小明不仅没表示同情,反而有点想笑。

"你呵呵什么你!"张燕被激怒了,"我告诉你,人家说是你害的!"

"哈哈,"党小明不但没急,反而哈哈大笑,"真的吗?我害他干什么?因为他不爱我?哈哈……"

"有人把开水浇在他头上,肩膀以上全部二度烫伤,给国际SOS打电话的人自报姓名是党小明,留下的联系方式是你办公室电话和我们家里电话。过两天警察来找你,你也跟他们呵呵吧。"

"怎么会有这种事情……"党小明突然意识到事情的严重性,"跟我有什么关系?"

"你不是公安部有一帮铁哥们儿吗?还不赶紧去问问他们?跟我说有什么用!"

"我去睡了。"张燕站起来要回房间。

"等一下,"党小明突然想起来今天是Date Night,他觉得和张燕关系有点疏远,或许晚上亲热一下会好一点,"今天晚上是我们的……那个……'Date Night'。"

就这一刻,张大小姐感觉到丁强的手在轻微地抚摸着她全身,她脑子里出现了他俩在床上扭在一起的画面。瞬间,她浑身像触电一样。

"取消吧,"她看也不看党小明,说,"我累了,先睡了。晚安。"

党小明突然意识到他和张大小姐真的有问题了。

北京飞往纽约的CA981起飞时间是下午一点。虽然张燕约的是十一点半到北京首都机场3号候机楼见面,丁强早上九点就到了。他只有一个背包,里面装着前几天从老陈办公室拿出来的卷宗,他怕被海关扣下,还特地把卷宗里面的资料都贴在一本张燕甩给他的*GQ*杂志里面。

那天从丁强公寓出来,张燕就带他去了自己公司,给他办了入职。一路上,丁强都很忐忑,坐在车上怎么都不自在。张燕问他怎么了,他像小姑娘一样不肯说。其实他就是怕被张燕包养,他想查姜平的案子,但是拿着张燕的钱干这个差事让他不自在,他是人民警察,怎么摇身变成私人侦探了,还是一个睡了自己女老板的私人侦探。他觉得好没脸见人。要不,他入职以后就不要再跟张燕发生性关系了,丁强在想,他是不是要跟张燕谈谈,又不知道怎么开口。

14 Fourteen
寻欢作乐的意义

其实丁强不想结束他和张燕的性关系,他喜欢。张燕做爱的时候总是如饥似渴地去迎合丁强的一举一动,丁强感到放纵的快感,明白了寻欢作乐是什么意思。

在床上,丁强觉得他和张燕是绝对平等的,可能他还占点上风,毕竟他年轻,又是当兵的出身,浑身都是肌肉,他自己知道就是在他这个岁数的男人里面,他也是难得的好身材。他觉得张大小姐作为四十出头的女人已经非常不错了,虽然浑身软塌塌的,没什么肌肉,但是至少不肥胖,丁强最受不了腹部发胖有赘肉的女人,还好张大小姐的肉都在屁股和大腿上,显得屁股有点大,不过挺翘的。丁强喜欢张燕这种大屁股、大胸的中年妇女,他觉得更有女人味,比那些瘦如柴的又平胸的小姑娘要性感,至少适合他丁强的口味。

到了公司,张燕把丁强带到人事部,一个年轻、平胸的小姑娘让丁强填了一堆表格,等他填完了,小姑娘拿起来看一眼说:"哟,你还真挺适合这个职位的,老板终于找到你啦。"

"什么意思?"丁强有点诧异。

"我们一直在找一个大型活动安全总监,一直想从公安口找人才,可是退役的太老了,像你这年纪的都嫌我们工资低不愿意来。"

"工资多少钱啊?"

"一万五,税前。"

"那还低啊?"

"怎么说呢,扣完税也就只有一万了,一般干得不错的公安,各种收入加起来,一个月至少两万吧。我们打听过。"

人事姑娘的一番话让丁强感觉好很多,甚至有点小骄傲。他觉得接受这份工作其实是他帮张燕的忙,她不是找不着人嘛!

"呃……徐同志,我过两天和老板一起出差,可以先借点钱吗?"丁强问。

"叫我Stella好啦,出差可以预支差旅费的,我们按照公司规定已经给你准备好了。"说着,姑娘递给了丁强一个信封,里面装着美元。

"你真周到,你叫什么?死掉啦?"

"STELLA!!"姑娘狠狠地纠正他,"你一路好好照顾老板。"

这本GQ杂志就是丁强离开公司之前张燕丢给他的。

"你得买几身去美国穿的衣服,西服什么的,就从这杂志上挑吧。"张燕对丁强说。

丁强翻了一下GQ,觉得里面的男的都太娘了,怎么都阴阳怪气

14 Fourteen
寻欢作乐的意义

的，他绝对不会买那么紧身的裤子穿，看着都觉得迈不开步。张燕让他去买衣服的事情他只当耳旁风了，他哪里知道就是因为没有去买几套修身的西装，居然给他在纽约带来那么大麻烦。

十一点半了，张大小姐还是没影，丁强着急了，他开始在3号航站楼2号门门口来回踱狮子步。换个大城市里混大的孩子，会觉得被张燕玩了，大小姐改主意了，不带他去纽约了。而丁强仍然是在他警察的语境中活着，他脑子里想的全是姜平的案子，他最大的焦虑是他的英文还不够好，他怕如果找到线索却听不懂人家说什么怎么办。就在这时候，一辆黑色奔驰冲到他跟前，车门打开，张大小姐一把把他抓进来。

两天没见，再加上两个人马上就要一起去纽约，张大小姐像小女生一样兴奋，把丁强拉进车之后一直没松手，还亲了他嘴唇一口，被丁强立刻推开。张大小姐不解地望着他，丁强用眼睛瞟了一下前面开车的司机老刘，意思是让老刘看见不合适。

张燕笑着说："你担心刘师傅啊，没事的。他看我长大的，绝对给我们保密。"

刘师傅扫了一眼反光镜里后座上的张燕和丁强，慢条斯理地说："这小伙子，怎么称呼你啊？"

"师傅，我叫丁强。"

"看你那身子板儿像当过兵的。"

"当过兵，也当过警察。"

"那我们家小姐的安全可全交给你了，听说美国很乱，小姐身上少了一根头发，你回来我都会找你算账的。"

"好啦，老刘。"张燕给丁强解围，"有你这么吓唬人的吗，我们到了，抓紧吧。"

奔驰已经开到3号航站楼VIP登记处，几个服务人员马上来拿两个旅客的护照和行李，张大小姐有两只巨大的路易威登箱子。丁强只有他背上的背包。"我没行李。"他跟服务员说。

"你就这么一个包？"张燕奇怪地问道。

"嗯。"

"那你衣服呢？"

"都在里面啊！"丁强乐呵呵地说。张燕有点不开心，丁强太没心没肺了，也不听话，让他去买衣服不去，到纽约哪里有时间去买东西，那么多线索要查，他倒好，像个民工进城似的，一个包袱卷就去纽约了。这是张燕第一次隐约感到她和丁强不是一个宇宙的。

VIP接待很周到，服务员去办登机牌的时候，丁强和张燕就坐在

14 Fourteen
寻欢作乐的意义

一个候机厅里喝茶。"这里有人认识你吗?"丁强问张燕。

张燕巡视了一下候机厅,摇了摇头。丁强拉起张燕的手,把她拽到窗帘后面,抱着张燕的脸,开始狂吻她。张燕毫无能力拒绝丁强,一把抱住丁强,把自己身体死死贴在丁强身上。虽然候机厅里没人能看见他们俩的动作,但是窗户外面可看得一清二楚。

张燕记得上大学的时候被姜平拉去看了一个法国黄色电影,叫《伊曼纽尔》,里面一个情节就是女主角在飞机的洗手间里做爱。窗帘后面,她轻轻地跟丁强说,她要在三万五千英尺的高空做爱。

"这话当真?张总?"

"嗯,当真。"

这时候VIP厅的服务员已经办好手续到候机厅找他们,只看见他们的行李却没有人,只好大声喊道:"张燕女士,丁强先生,可以登机了。"

CA981登机的最后两名旅客就是张燕和丁强。当头等舱乘务长示意二位坐在一排A座和B座的时候,丁强小声对张燕说:"头等舱座位分这么开,我们还是坐后面去吧,那儿座位都紧挨着。"

"你快坐下吧。"张燕心里想,这孩子原来这么能贫嘴,好玩归好玩,老这么贫会不会也挺受不了的?这时候丁强把背包举起来放在头顶柜里，抬胳膊几秒又露出他那六块腹肌，不仅张大小姐看见了，她还看见旁边的女乘务员也盯着看了两眼。

张燕曾经在杂志里看过一篇报道，说亚洲人有一种基因，只要坐在交通工具上，车、船、飞机，就能睡觉。文章说这是一种亚洲人独有的能力，哪儿都能打瞌睡。可惜张大小姐自己不但没有这个基因，现在还有失眠的问题，经常睁着眼睛到天亮，然后睡两个小时什么的。长途旅行对张燕最痛苦，时差让她失眠严重，吃药也没什么用。为这件事情，张大小姐挺痛苦的。她本来想丁强和她一起飞，两个人可以说说笑笑，亲热着十三个小时很快就过去了。没想到，丁强是那种瞌睡虫基因很强大的亚洲人，飞机起飞后就睡过去了，已经到阿拉斯加上空了，丁强还在睡觉，张燕只好一个人在头等舱看iPad上秘书给她下载好的电视剧。她在追一个看似很爆米花的悬念电视剧，叫《逍遥法外》。谁知道里面女主人公怀孕时候出了车祸，孩子生出来是死婴。张燕突然触景生情了，在飞机上不停地抽泣，哭得不成模样，空姐都慌了。最后，张大小姐吃了一粒安定才让情绪稳定下来。

剩下的飞行时间，张燕一个人靠着窗户，望着外面的滚滚白云发呆。

14 Fourteen
寻欢作乐的意义

她脑子里呈现了无数问题:"这个世界有上帝吗?我是不是作孽了?我对不起姜平?哪怕就是他被判刑我当时也应该留在美国。我可以每周坐公共汽车去探望他。我能爱一个囚犯吗?尽管这个囚犯是姜平。我是看上党小明有钱吗?我和党小明有爱情吗?没有,我肯定没有,但是我们有亲情,以前包办婚姻不也就是这样吗?爱情没那么长久。只有傻瓜才相信爱情是婚姻的基础,爱情太脆弱。那丁强呢?"

想到这里张燕站起来,在头等舱走了两圈,还有四个小时才到纽约,她看了一眼熟睡的丁强,就是一个男孩,她本能地给他拉了一下被子,又忍不住摸了一下他的头发。

Stop!(停!)我那孩子要是活下来也就比丁强小七岁——张燕叹了口气。她告诉自己不能这样,中国有多少人是羡慕她的生活的,她已经很幸运了,人啊,要知足。

张燕顺手把丁强的背包拿下来,翻了一下没看见姜平的卷宗,稍微想了一下,把那本异常厚的 *GQ* 拿出来,才发现丁强的大作,她心里有点感动,这个孩子真细心。她把杂志拿出来,背包放回,回到自己的座位上。

张燕又仔细看了一遍所有照片,这里除了姜平她谁也不认识,没有一张熟悉的面孔。有一张照片姜平显得很年轻，身边有张燕那年过生日送他的书包，应该就是他们分手后不久。张燕不明白，怎么这么快姜平就能找到走私犯罪团伙？难道他们原来的朋友中有人和走私有关？

"我睡醒啦！快饿死啦！"丁强突然出现在张燕的座位上面，当他看见张燕正在翻阅卷宗里的照片，低头亲了她脑袋一下，说，"你找到线索告诉我哈，我得先去找点吃的。"

丁强吃完饭，空姐已经广播飞机降落的信息啦，丁强开始兴奋了。"到纽约啦！到纽约啦！"他激动地跟张大小姐比画道。头等舱座位的距离对丁强来说真的很碍事，这时候他想抱住张大小姐，他还是真的很喜欢这个姐姐情人，在农村，他没见过这么能干的女人。

纽约入境总是排大队，大概一个小时后吧，丁强和张大小姐才推着两个大箱子走出来。一个比双门冰箱还宽的黑人举着一个牌子，上面写着ZHAN YAN，这是张燕订的专车司机。黑人要帮丁强拿背包，"No, No, No, No."（不，不，不，不。）丁强拒绝道。

"It's OK, he can carry his own bag."（没事，他可以自己

14 Fourteen

寻欢作乐的意义

拿。)张燕对司机说。

"Sure, your son is very handsome."(好吧,你儿子很帅。)司机很无意地对张燕说。

"他说什么?"丁强问。

"没什么,"张燕回答道,"他没说什么。"

15
Fifteen

一封信

15 Fifteen
一封信

司徒从来不找隐蔽的地方和他的客户会面，这么多年了，他觉得最隐蔽的地方就是最公开的地方，英文里叫"hiding in plain site"，就是藏在你眼皮底下。但是和他见面的人不这么想，这个小秘书是个胆小鬼，自从党小明收购了他叔叔当行长的银行，他就成了他叔叔的助手，唯一的工作就是替他叔叔给司徒传话。

"行长问你那边到底行不行，好像转股的事情都上报银监会了。"

"这么快？你叔不是说已经跟两个小股东做工作了吗？那俩不卖，他拿不到控股的。"

"那俩小股东扛不住了，"行长的侄子凑到司徒跟前说，"靳行长说有人找他们谈话了，让他们把股份让给党小明，说是为了更好地管理银行业务。行长说，这明显是在影射现在银行的高管团队。除非党小明有什么麻烦，估计这个大股东就是他党小明了。这对行长特别不利。"

"我能做的都做了，"司徒不耐烦地说，"但是人家公安那边关系硬得很，差点烫死一个老外，公安就是不立案，老外也被运回美国了，我有什么办法？"

"行长说，党小明夫人那里有什么办法吗？"

"有什么办法？"司徒狠狠地说，"你那叔就会拿银行的钱给各种高级家庭妇女和她们的女儿发工资,有用吗?人家这时候替你们说话吗?养一帮中年妇女,以为她们会帮你们去吹枕边风,也不看看人家枕边是谁啊?那老公还和她们同床吗?"

小助手也只好沉默了。

"别打张燕的主意了,人家是海外留学回来的,自己办一个公关公司,自己挣钱,客户一打一打的。你叔叔自认为有后台,你们银行的公关广告费用都给什么奥美之类的外国公司,晚了吧!"司徒想起来就有气,他早就提醒过那个行长,有什么买卖照顾一下张燕,但是人家根本没搭理。

两个人都很无语地在那里坐了一会儿。小助理说:"行长说,您朋友公司贷款的事情他批了。"

"哦。"司徒做出一副无所谓的样子,"谢谢你们行长,党小明的事情我再去努力一下吧。"

"好好好,"小助理站起来说,"那我先走了,司徒叔叔。"

党小明的手机在振动,"哼",他接电话的声音是看人的,这要是张燕她妈,他会规规矩矩地说"喂",甚至很肉麻地叫一声"妈"。可是现在来电话的是张燕的司机老刘,所以他就哼了

15 Fifteen
一封信

一声。

"党总，我从机场回来了。"

"嗯。"

"张大小姐是跟另外一个人一起去纽约的。"

"哦。"党小明心里有点紧张，不知道那个胆小怕事的公安部副部长是不是帮他把事情办好了，如果张燕和陈警官一起去纽约那就太糟糕了。只有党小明知道，那里有好多他以前的问题，像老陈这样有经验的老警察，稍微一查，他党小明就露馅儿了。何况这次这个姓陈的是和他老婆一起去的，张燕在美国的活动能力很强，参议员就认识半打。真的是这两个人联手去调查，他党小明就完蛋了，何况张燕不知道他为了让她彻底和姜平断绝联系都做了什么。这些事情他也没有告诉张燕的妈妈。党小明很明白，首长是体面人，把她交代的事情办了就好，千万不要告诉首长过程，他们不能接受那些手段的，但是没有点手段，怎么可能成功！就拿张燕的这个司机老刘来说吧，年轻时给她爸爸开车，后来回老家了，张燕又把他找回来，说司机一定要用自己人。老刘是很忠心耿耿地服务张燕的，一直到党小明用一个月一万元的高价让老刘把张大小姐的行踪和在车里的一举一动告诉他。想到这里，党小明深深地叹了口气，人心啊，他想，真的不可揣测，但是绝对可以收买。

"党总，还在吗？党总？"手机里传来老刘焦虑的声音。

"嗯。"

"党总，您别生气，那就是个毛孩子，得比大小姐小不少呢。我看那孩子就是一个80后。就是上次河北那个。"

"哦。"党小明松了口气，然后就把电话挂了。

"小明，没事吧？"詹付红问。

"没事，詹部长，我这不来看看你嘛！女儿好吗？"

"很好，很好，"詹付红开心地说，"女儿要在美国结婚了，这孩子，找了一个外国人，这不是给我找麻烦吗？"

"这有什么的，詹部长，"党小明说，"现在已经全球化了，跨国婚姻很多的。"

"可是我这个位子怎么可能有个洋女婿呢？"詹付红嘴上这么说，但是脸上还是笑得很开心的，"可是那个男的不错，家里很有钱，在得克萨斯州还有一个大牧场呢。"

"不会是小布什家族吧？"党小明说，"那您女儿可是一步

15 Fifteen
一封信

踏入美国上流社会了！"

"还真有点沾亲带故呢，让你猜着了！"詹付红显得很得意，"对了，小明，你在美国待过，这老美会不会和咱们一样，有政审什么的，这要是知道我是公安部副部长，会不会不让我女儿和她未婚夫结婚啊？"

"不会，不会。何况你女儿已经有绿卡了。"

"那就好，那就好，这事别跟外面说哈，虽然我要退了，影响不好。"詹付红说。

党小明站起来，走到詹付红的书架前面，背对着詹付红问："您真的退啊？没人能接您的班啊，您外文好，这么多年的老公安，您这种人才太难得啦，不会是那个跟我过不去的老警察吧？"

"那个陈警官啊！"詹付红笑了，"上次我把他扔非洲喂蚊子去了，这次啊，我可是给了他一个美差啊，国际刑警总部。在法国里昂。听说里昂出大厨啊，米其林厨师比巴黎还多，好地方，美差。这老陈要是识相，就在那里干到退休，也没几年了。"

党小明在詹付红办公室耗了一个钟头，终于得到了他想要知道的信息——老陈已经被调走了。他心里一块石头落地了。

詹付红看了一下手表："哈哈，这老陈是今天晚上飞机就飞巴黎了。你放心吧，他不会再找你麻烦了。"

回到纽约以后，美国医生告诉Roger，他的伤没有中国医生说的那么严重，最严重的部分是头顶，很可能长不出头发来了，这部分是二度烫伤，细胞恢复的可能性很小，Roger会像一个不到四十岁就谢顶的男人。这一点，他还能接受。从中国回来的时候，他的脸上、肩膀上都是大水疱，他就像一只癞蛤蟆，医生不让挑水疱，怕感染。为了保护这些水疱，医生特意把他整个脑袋用纱布包起来，看上去是很吓人的，实际上除了部分表皮下面的色素无法恢复，整体没有毁容。

Roger在医院里住了一周，之后回到父母家养伤。自从他离开美国以后，变化很大。他爸爸老了，退休了，不像以前那么凶了，对他的性倾向也默认了——不是接受，是默认。他妈妈高兴坏了，把Roger的哥哥和妹妹也叫回来团圆。他妈妈做一手好菜，那天就像夏日里的感恩节，Roger妈妈居然做了一只大火鸡，大家也都给Roger带了礼物。就在大家欢聚一堂，正要坐下来吃火鸡的时候，楼下大堂的守门人打电话上来说一个中国女人在大堂找Roger。

Roger以为是张大小姐，但是他不太知道他是否愿意见张燕。

15 Fifteen

一封信

他妈妈看见他一脸尴尬,就很干脆地跟守门人说Roger谁都不见,如果有事情就留条好了。晚饭吃完了之后,楼下的守门人上来了,他说他马上要下班了,那个中国女人留下一个信封,说里面东西很重要,要他无论如何亲自交给Roger。

Roger打开UPS(美国快递公司)盒子,发现里面只有一个信封,上面写着:Please give to Zhang Yan in person.(请亲手交给张燕。)签名是:姜平。Roger本能地想给张燕打电话,告诉他姜平生前给她写了一封信。但是他打住了。

Roger发誓他不要和过去再有任何联系,至于这封信他会留着。但是他绝对不会主动去找张燕。他不明白司徒为什么对他下毒手,他知道在他痛苦地躺在地上打滚的时候,司徒就走了。到了医院以后,护士告诉他,是一个叫党小明的给医院打电话叫的急救车。Roger认为是司徒和党小明一起要害他,但是究竟为什么,他也搞不清楚。而现在,他不关心了,他不关心以前,不关心中国和与中国有关的一切。

"妈,我给您带栗子蛋糕来了,"党小明说,"就您最喜欢吃的那种。"

"你今天怎么这么空？"张燕妈妈其实也刚到家。

"张燕不在，我就自己过来看看您。"党小明把蛋糕交给阿姨，跟在张燕妈妈后面走进客厅。

张燕妈妈有个摇椅，这是她休息时最喜欢的地方，如果不是党小明这个不速之客，她会抱一本小说，坐在摇椅上看一会儿，品几口茶。今天不行了，她这个女婿是无事不登三宝殿的，今天来了，肯定有事。张燕妈妈知道这个女婿是她挑的，现在想想有点后悔，商人都是被利益驱动的，这么多年来，她给女婿写过无数的条子，都不知道是帮他抢了什么生意，她快退休了，现在有点害怕，所以她下定决心今天晚上什么都不能答应党小明。

"妈，有件事我不知道怎么办了。"党小明说完这句话，端起茶杯，他要等阿姨走出房间再跟老太太说。

"又是你那银行的事吧？"张燕妈妈不耐烦地说，"我跟你说了，这事情我不能插手，金融口的事，我管不了。"

"妈，和这事无关。已经收购完了，银监会也批了。没障碍了。我的问题比这个大得多。"

"什么事儿？"

"张燕外面有人了。"

15 Fifteen
一封信

摇椅顿时停止，老太太几乎从上面双脚一起跳下来："你是说，有男朋友？"党小明点点头。

"就是河北那个小警察，他们俩一起去纽约了。"党小明说完也委屈地低下头，两眼盯着眼前的地毯，不再说话了。屋子里突然很安静，一种紧张的安静。

老太太终于开口了："你是不是想离婚啊？"

"不、不、不。"党小明抢着说，"妈，我没那么不懂事，离婚对您影响太大了，让人家背后说我们。我不会干那种事情，我顾全大局。我不会提出来离婚的。"

"我这女儿啊，"老太太站起来，走到客厅中间，仰着脸看天花板，"让你受累了。不过你肯定她只是带着那个小男孩去纽约胡搞，不是去挖别的事情？"

"肯定，老刘说他俩在车里就开始亲热了，"党小明似乎要哭了，"我听了真的挺受不了的，妈，我能做的都做了。"

"我知道。"张燕妈妈突然觉得挺对不住这个大款女婿，先是让他娶一个怀着孕的女儿，然后又被戴上绿帽子。当然，他躲过了一些风险，第一桶金已经洗干净了，身价翻了好几千倍，也算值了吧。

党小明看了一眼正在惆怅的张燕妈妈,觉得他的目的达到了,他就是要让老太太心里有数,他党小明没占她什么便宜,如果不是他买别墅、买豪车,干部算个屁啊。"我先走了,妈。"

"不再坐会儿吗?"张燕妈妈有点恍惚地问。

"不坐了,家里还有点事。"党小明起身出门了,阿姨过来送他。党小明到门口回头望了一下,老太太还站在客厅中间望着天花板。

党小明上了车,车刚刚开起来他就给司徒拨了一个电话:"走吧!咱们去你那私人俱乐部玩去吧,我他妈需要去发泄一下!"

司徒的私人俱乐部在亚运村附近一个小洋楼里面。这个小区都是洋楼,每栋五层,有自己的地下车库,房子里面有电梯,一层是一个大厅兼接待前台,二层有厨房,一个大客厅及各种活动室,三、四、五层结构差不多,各有一个公共空间,旁边都是独立的休息室。这是一个典型的私人俱乐部——妓院的格局。

党小明到了门口,司徒已经在那里等他:"党总,久违了!不过今天我这儿没几个新人能给你,老人知道你太厉害了,都不敢接待啦!"司徒自己尴尬地笑起来。

"我他妈都半年没来了,你这儿还是那几个人?"党小明在车

15 Fifteen
一封信

里喝了大半瓶威士忌,下车的时候都已经踩不稳步子了。

司徒架着他进了会所,对服务生说,三号房,老地方。党小明进屋就一屁股坐在沙发上,这间房间装饰上仿法国宫廷,所有东西都有曲线,唯一有直角的地方也放了婴儿保护——那种怕小宝宝磕碰的软塑料拐角。很难想象谁会带小孩来这种地方。一会儿,来了三个女招待,对党小明来说,都是新脸,三个女孩大概都二十多岁,服装都有点过分裸露,裙子太短,前面衬衫开得很低,文胸的蕾丝都看得见。

"来,来,来,你们挨个儿给我唱歌吧。"唱得好有奖,不好就罚。姑娘们似乎很习惯这种玩法了,她们有的故意不好好唱,一旦被罚酒,就可以借机发酒疯,抢客人。抢到过夜的客人,那是很值钱的。第一个女生唱得不错,党小明鼓励她,让她坐下来陪着喝酒。第二个唱歌第一段不错,党小明给她鼓掌,女孩胆子大了,第二段故意走调。第一次党小明警告了她一句:"你他妈走调了,听不出来吗?"姑娘有意逗他,越唱越走调。突然,党小明站起来,顺势抄起一个威士忌杯子,狠命地打在女孩的鼻子上,顿时血喷得到处都是,女孩根本不知道怎么回事,包住脸还没有撒手麦克风。党小明上去把麦克风夺走,又狠狠踢了女孩一脚,嘴里骂骂咧咧的。

这时候司徒冲进来,还带着几个男保安。其中一个女孩冲上去要打党小明,被保安拉住。党小明倒来劲了:"来啊!想死是吧,告诉你,老子今天就是来打你们这些骚娘儿们的!"

"小声点,小声点。"司徒把党小明拉到沙发上坐下。

党小明抱起威士忌瓶子又喝了一大口,抱着司徒哭泣道:"谁他妈都欺负我,你他妈连个婊子都不让我打,我他妈就是要打人!"

16
Sixteen

身上带枪

16 Sixteen
身上带枪

从肯尼迪机场到曼哈顿下城的斯坦达德酒店需要一个钟头，张燕也真服了，丁强在机场还很兴奋，一上车居然又打了一个盹儿。等他醒来，车子正好要驶入布鲁克林大桥，眼前是夕阳中的曼哈顿的轮廓线。丁强没有注意前面，反而在观看周围的老房子："纽约挺破的嘛！"他吃惊地问张大小姐。

"你看前面，那就是曼哈顿了。"张大小姐握着丁强的手。

"Are you happy？"（你高兴吗？）丁强问她。

"Yes, I am."（是的。）张燕转过脸把嘴唇贴在丁强的嘴上，她立刻感觉到丁强的嘴唇张开了，他的舌头轻轻地舔着张燕的上唇，丁强的一只手已经伸到张燕的裙子里。

性是一种奇怪而强大的力量，几个小时前，张燕还在飞机上多愁善感，为她和丁强的年龄差距感到焦虑，为背叛党小明感到内疚，为自己对性的冲动和贪婪感到羞耻，可是现在，她已经等不及脱光了跟丁强上床，她脑子里面一片空白，只有sex（性），sex，sex。她想，自己是疯了，还是彻底自由了？

这么多年来，张燕完全清楚党小明在外面寻欢作乐。有一次，一个被打得鼻青脸肿的女孩在张燕家里出现，她说是党小明打的。她告诉张燕，党小明经常去她工作的私人会所，经常在那里莫名其妙地打人。有一次一个女招待戴了一串珍珠项链,被党小明手撕下来,一边撕还一边喊:"你他妈也配戴珍珠项链,你个臭婊子!"

张燕刚开始不相信,在她眼前的党小明是一个谦卑甚至过分礼貌的人。她曾经开他玩笑,说他一定生下来就犯错误了,因为他第一次认识一个人的时候,第一句话就是:不好意思。张燕纠正他很长时间,她觉得这种谦卑很假。她告诉党小明,做人要不卑不亢,要表现得有自尊。党小明总是一笑了之。只有一次,两个人一起在家喝红酒,党小明难得地打开心扉,对张大小姐说,他知道他不应该点头哈腰的,他知道他现在不用这样了,但是他习惯了。他提醒张大小姐他是从中国社会最底层爬上来的,对党小明来说,自尊太昂贵了,要付出的代价太高,没必要。

张大小姐和党小明的性生活的频率和重大节日差不多,自从那个被打的女招待找上门来以后,张燕干脆拒绝和党小明再有任何"夫妻生活"。可是之后不久,张燕去检查身体的时候,妇科医生告诉她,她排卵虽然不正常,但是还是有可能怀孕的。张燕心动了,她还是想要一个孩子,和百分之九十九的异性恋已婚女人一样,她觉得有了孩子,她就会变得幸福了。她和党小明立了Date Night的制度,同时要求党小明每个月做一次性病及艾滋病的检查,

16 Sixteen
身上带枪

她让医生到家里来抽血,然后把结果告诉她。这是她允许党小明在外面泡妞,不解除他们婚姻关系的条件。

车快到酒店了,张燕还和丁强黏在一起,专车司机在前面喊了几声,张燕才注意到,车已经进入了纽约十四街最西边的肉库区了。姜平曾经在这里住过。

斯坦达德酒店是那种给酷人的酷酒店,到店的客人都会被上下打量一下,丁强的运动裤和冒牌迷彩T恤衫一下就被认出来了,从行李员到柜台都没给他好脸看,张大小姐的一身香奈儿又太名牌了,一看就是"亚洲新钱",也不是纽约肉库的范儿。倒是他俩那种目中无人的忘年情人的状态,让酒店的人对他们刮目相看。这俩人也毫不辜负大家的眼球,拿了钥匙,上楼,关门,上床。一分钟都没耽误。

晚上八点,也正是肉库的餐厅开始上人的时候,张燕和丁强决定下楼去找点吃的,下了电梯,听见背后一个尖叫的声音:"哎哟!张大小姐!你怎么来啦?"张燕很吃惊,这里怎么会有人认识她,回头一看,居然是她最怕见的孟主编。

孟主编一溜小跑冲上来抱住张燕,左右脸各亲了一口。这时候的丁强不知所措，往后退两步，傻呵呵地站在一旁。但是他当然没有逃过孟主编的神眼，聪明的主编正在想怎么好好利用这个巧合和张大小姐的重磅秘密。

"你是来看秀吗？"孟主编明知故问。

"什么秀？"张燕有点蒙。

"哟，亲爱的，纽约时装周啊，我以为你带模特过来，顺便看秀。"

"带模特？"张大小姐更不明白了。

孟主编向丁强招了招手，说"Hi（嗨）"，然后装傻地问张燕："那不是你们公司的模特吗？"

张燕刚想说什么，又想想，顺水推舟吧："丁强，我们公司的安全总监，这是京城有名的孟主编，时尚达人。"

丁强勉强过来和孟主编握了握手。

"你好帅！"孟主编拉着丁强的手不放，"这么大个子，一米八吧？"

"一米八二。"丁强说。

"标准模特的个儿，还有咱这小身子板儿。"孟主编赞扬道，"还是咱张总有眼光，连安全总监都这么出类拔萃！"

16 Sixteen
身上带枪

"不好意思,大主编,我们约了人,先走了哈。"她拉着丁强的胳膊,迅速走出酒店大厅。在他们身后,孟主编还在喊:"明天晚上请你们吃饭吧!四季!"

十几年前,张大小姐熟悉的唐人街和现在不一样,那时候,东百老汇47号位置是在纽约唐人街的内脏,那里的中餐特别正宗,还很便宜。东百老汇街不是白人旅游团吃点心的地方,那种地方还要往西去,以莫特街为主,都是广东人的天下。主流的唐人街更像香港铜锣湾的小吃一条街。小店的玻璃窗里挂着烧鹅、叉烧肉;餐厅里面很明显地放着一摞蒸屉,一掀盖一股蒸汽飘出来勾引路人。除了餐厅,主流唐人街还有各种摊贩和中国超市,摊贩卖的东西都是中国义乌批过来的,夏天有短裤、背心、遮阳帽,冬天就是帽子、围巾、手套;四季畅销的是箱子,各种各样的箱子,可以说纽约最便宜的箱子就是莫特街和运河街(Canal)了。东百老汇是新移民住的地方,特别是福建移民。这边说的不再是广东话,而是福建话,尤其是闽南话。当年这里很乱,听说这里是走私犯待的地方,姜平和张燕很少到这边来,当年他们也就在莫特街上买买菜,吃几个包子。

张燕只记得一次跟姜平到东边来,不是去东百老汇街,而是一个在包厘街(Bowery)的破地方,那次姜平说他妈妈病了,要用钱。他就跑到那里的一个钱铺给他妈妈汇钱。张燕记得汇钱的地方实际上是一个杂货铺,后面不是赌场就是餐厅,他们在店里听见后面吵吵嚷嚷,姜平想去看看,还被店老板拦住,说:"Club, members only!"(会所,仅供会员使用!)张燕记得店老板的普通话说得比她想象的好,其实比主流唐人街的中国人说得好。老板说他是福州那边的,具体哪个村没说,但是他小时候上学是学过普通话的。

今天的这里已经越来越酷了,纽约这是要把穷人从曼哈顿驱逐出去的趋势,东边这个非法移民的小窝,眼瞅着就要被高端酒吧和艺术馆占领了。对城市来说是好事,这里的犯罪率降低,房地产开始复苏,又一个肉库那样的劳动人民区域被绅士化——也就是中产化。纽约变味了。

第二天早上,张燕查了一下地图,东百老汇47号旁边有个吃点心的地方,她知道丁强一定饿坏了,他吃不惯西餐,昨天一块大T骨牛排肉他只吃了一个边,回酒店的路上,路过小店买了三碗方便面,半夜起来都吃掉了。今天早上还是去吃点心吧。

16 Sixteen
身上带枪

早上起来，丁强穿上昨天飞机上的衣服，被张大小姐及时制止："你不换衣服啊？"

"换了啊，昨天的脏衣服我已经洗了。"丁强指了指在洗手间洗澡帘子杆上晾着的两个人的衣服。

"啊，你把我的衬衫洗啦？！"张燕急了，一千多欧的衬衫他给水洗了，她喘了口粗气，然后说，"你不用洗，我们让酒店洗好了。"

"那多麻烦啊？"丁强说，"一定很贵吧。"他看出来张大小姐不太高兴他洗衣服的事情，但是他真的是想帮忙，心里小有委屈。

"不贵，你把衣服都拿来吧，我还是送给酒店去洗。"张燕说。

"可是我都洗过了呀？"丁强觉得很无奈。

"没事，你这么晾是干不了的，你带了几件衬衫？"

"两件。"

张燕笑了："走吧，今天我们先不去当侦探，先给你买衣服去。"

早饭后，丁强被张燕拉到巴尼斯纽约精品店（Barneys New York），试了三个牌子，张燕喜欢的，丁强拒绝；丁强喜欢的，张燕觉得太休闲，不值当。丁强开始质疑张燕对他的好意，他觉得张燕简直就是把他当作一个玩偶，"宝贝试试这个""宝贝这个你穿真的很有风度""穿这个吧，真的有点像模特"……去他大爷的，丁强想，正经事情不干，到这瞎买东西，这不就是一个富婆嘛。

张燕当然很开心给丁强买衣服，这里面有她的私心，她喜欢他俩的回头率，她这辈子没有过这种感觉，好像她是明星。在中国，大家看她因为她是她妈妈的女儿，但是没有人看她是因为她好看。她注意到酒店的势利眼服务生看见他俩都笑眯眯的，她有一个漂亮的小情人是让她很自豪的事情。她当然要把丁强打扮得漂漂亮亮的，她以为丁强也会很高兴，谁还不愿意漂亮点？张燕对丁强的不满一点没感觉到，她沉浸在自己血拼的愉快中。

下午一点半了，张燕只买了一套西服，两件T恤衫，丁强就不干了。"不好玩。"他说。

"有什么好玩不好玩的，再买两条平常穿的裤子，一件外套，咱们就去吃点心，好吗？"张燕的口气完全是一个妈在哄儿子，这个声音更让丁强生气。

"你随便给我买吧。我先回旅馆了。"他说。

"再坚持一会儿吧。你穿得好一点，去打听事情人家愿意接

16 Sixteen
身上带枪

待你。"

丁强觉得这句话还勉强中听,也就跟着张燕又在中城的麦迪逊大道上跑了几个名牌店,他干脆放弃任何抗拒,随便让张燕给他挑了两条裤子、一件白衬衫。一天就这么耗过去了。

两个人一进酒店就跟孟主编撞了一个正面,孟主编看着拎着大包小包的丁强,马上冲上去看都买了什么。"哟,大小姐,你可真是个好老板,给你的安全总监买了这么多名牌啊?都是男装,你自己什么都没买吗?"丁强觉得这些话格外刺耳,而且就是说给他听的。一气之下,他自己冲上电梯先回房间了。孟主编望着电梯门关上,俏皮地跟张大小姐说:"咱这保镖脾气不太好哈?"

张燕无语相对,支支吾吾地说:"他……他有点闹肚子,水土不服。"自己也转身走了。

"别走啊,"孟主编一把拉住张燕,"咱们明天晚上四季一起吃饭,你不是喜欢陈士申吗?我们这次带他一起来看时装周了,明天晚上一起吃饭吧。四季,说好了哈。"张燕为了摆脱孟主编,随口答应。冲上电梯去追丁强了。

等她到了楼上,丁强已经回到自己房间睡着了。在纽约的第一天,他们就这么闷闷不乐地在血拼中度过。张燕自己看了会儿书,突然时差感觉很厉害,犹豫了一下,还是跑到丁强床上,和衣抱着他也睡了。

大概晚上九点,丁强的手机响了,两人醒来发现外面已经天黑,纽约的夜景像一场灯光秀展现在他们窗外。他俩先是一愣,不知道自己在哪里,丁强看见张燕睡意蒙眬的表情,一把抓起手机说:"喂,哪位?"

"丁强吗?我是老陈啊。"

丁强听到老陈的声音太开心了,这声音提醒他,来纽约是有任务的。他不是一个阔太的小玩具。"头儿!你在哪儿啊?我已经到纽约了。"

张燕听说是老陈也凑过来要听老陈说什么。

"张燕呢?跟你在一起吗?"老陈问。丁强把电话递给张燕。

"我在这儿,老陈,你好吗?"张燕问。

"我很好,我在里昂了。你们找到什么线索了吗?"

丁强把电话从张燕手里夺过去,抱怨道:"我们今天什么都没干,张大小姐拉着我满城买衣服。头儿,你跟她说说,别再血拼了,干点正事吧。"

"你不懂了吧,"老陈笑呵呵地说,"你不买点当地衣服,到

16 Sixteen
身上带枪

哪儿一站都像中国警察。你知道,中国和美国之间没有遣送协议,合作不太顺利,当时姜平找我是通过国际刑警组织,我在这里找到了一个FBI(美国联邦调查局)的人,你们可以先去找他。你让张燕听电话。"丁强感觉好多了,一天被买名牌的不好感觉也消失了,他乖乖地把电话给了张燕,还亲了她一下,大概是表示友好吧。

"喂,老陈,你说,我们该去找谁?"

"是这样,我在这边总部找到了联系我的那个国际刑警专员,她说当时是一个叫Frank Sorrendino的美国联邦调查局的专员把姜平要回国自首的消息告诉她的。她觉得这个Frank知道姜平和走私团伙的事情。"

"那他会告诉我们吗?我们说我们是谁吗?"张燕问。

"……"老陈半天没说话,他也不知道该怎么办,"这样吧,你让他给我打电话,我就说是我要你们去问的。"

"那你那边知道了会不会有麻烦?"张燕问。

"管不了那么多了,我办公室有三四个部里来的人,只要他们不去跟詹部长说,我觉得没事。"

张燕记下了FBI Frank的电话号码,就把电话挂了。也就过了几秒,电话又响了,张燕想都没想就接了,还好,仍然是老陈。

"喂，还有一件事情忘了告诉你们，姜平一直是萍姐的人。这个我也刚知道，我在打听这个萍姐到底是什么人。"

"好的。"张燕刚要挂电话，丁强又把电话抢过去。

"头儿，"丁强拿着电话走到离张燕很远的地方，"我犯错误了，好几次，那天从你办公室出来就犯错误了。"

老陈当然知道丁强说的犯错误是什么事情，他笑了："傻小子，你已经不是警察了，也不是政府官员，这种错误你想犯就犯吧，不过，别让人家老公抓奸就行。"

"头儿，你这话太难听，不跟你说了！"但是丁强还是不舍得跟老陈挂电话，"头儿，我会勤着跟你汇报的。你也常来电话吧。嗯，嗯，我有钱，没事，再见！"

丁强转过身去，看见张燕正在把给他新买的衣服都挂在柜子里，他走过去，两只手抓住张燕的手，不让她再替他收拾，因为这感觉太像他妈了："我自己来好吗？"

张燕转过身来，两个人的鼻子都快碰到了。"你饿坏了吧？"张燕问。

"饿过头了。不饿了。"丁强笑着说，"对不起，我今天不该耍脾气。"

16 Sixteen
身上带枪

"我算是领教了,丁总监,买几件衣服,你至于吗!"张燕不依不饶地把脸贴上去,"那你说,你想买什么?"

丁强眼珠转了一下,调皮地说:"不是说美国能随便买枪吗?你明天带我买枪去吧,我好保护你啊!"

丁强顺势一把抱住张燕,两个人一起倒在床上。张大小姐趴在丁强的身上,笑了一下说:"丁警官,你这不是带着枪吗?"

17
Seventeen

萍姐

17 Seventeen
萍姐

在纽约待了不到一周，丁强就意识到：被包养真不是人过的日子。

以前在北京，丁强经常半夜去一个卤煮摊上吃夜宵，一起吃卤煮的有清洁工、搬运工、建筑工，偶尔也会有几个妓女过来，大家一起闲聊，最经常说的事就是被包养，不愁吃不愁穿，天天陪玩，多好。

但是这几天，丁强从骨子里感到，被包养真是太难受了。天天跟着张大小姐屁股后面，像只哈巴狗一样。他尤其讨厌张大小姐那些朋友，看见他，总是上下打量一番，好像他就是一个展品。她们总喜欢说他好看，说他浑身肌肉好看，居然那个姓孟的女的上来就撩他衬衫要看腹肌，他急了，顺手一巴掌把姓孟的推开，结果打着孟主编的鼻子了，白纱裙立刻变成了医院急诊室的纱布。但是这些女人真的不要脸，还在不停地笑，说不敢摸腹肌了，但是能不能摸胳膊上的肌肉，张大小姐居然还让丁强举起胳膊，做一个大力士的姿势，显示一下他的肱二头肌。他气疯了，站起来就走。

每天出去都是一样的，晚上回来，张燕跟他道歉，哄他。然后做爱，和好，抱着睡觉。第二天再重复。

第四天早上，丁强受不了了，早上五点多就起来在房间里踱狮子步，最后走进厕所把门关上，给在法国的老陈打了个电话。

"头儿，是我。"

"怎么样啦？查出来什么没有？"

"头儿，我现在算什么啊？"丁强委屈地问。

老陈顿了一下，他听出来这个朴实的孩子受刺激了："你现在是张燕的部下啊！怎么啦？"

"头儿，我觉得这大小姐来纽约根本不想调查姜平的事情，她就是天天吃吃喝喝，跟一帮妖女人，什么正事都不干。"

"哦。"这些都在老陈的预料中，但是他被困在里昂，帮不上大忙，"给你们那地址去了没有啊？给那个Frank打电话了吗？"

"没有啊！"丁强着急地说，"我跟你说吧，头儿，这张燕到了纽约就开始购物，还碰见那个什么时尚杂志主编，就开始和一群穿得不男不女的人一起出去吃饭，玩。我都愁死了，头儿。要不我先回国吧。这活儿我干不了。"

老陈听出来丁强有点绝望了，但是他必须让这小孩坚持下去，除了这个孩子，没有别人能帮他查这个案子，至于他自己为什么和党小明死死纠缠，他已经说不清楚了。自从查了党小明，他的仕途就下滑再下滑，他自己也钻了牛角尖，有点不查清楚死不瞑目的感觉。本来形势大好，他调动了张燕对案子的兴趣，还能利用这位大小姐的钱和人去纽约查清楚姜平在那边的活动，真是再好不过了。

17 Seventeen
萍姐

大小姐对案子的激情不可维持这点老陈早就想到了，但是他想得更复杂，他怕张燕打退堂鼓，怕她意识到这个案子如果水落石出，会涉及张燕的丈夫、母亲，当然还有张燕自己。老陈清楚，案子查清那天，他老陈不一定能做官，但是张燕肯定会崩溃的。

连老陈自己都说不清楚他为什么不依不饶地追这个案子。"我总不能白活了吧。"他有时候这么跟自己解释。可是他把丁强拖进这潭浑水，弄得好没丁强什么事儿，但肯定不可能再回去干警察了；弄得不好丁强就这么堕落了。但是老陈管不了这么多了，他就要查到底！

"你告诉她，不调查案子，就分开睡觉。白天不干正事，晚上就什么都别干！"老陈发狠地教唆道。

"什么？"丁强不太相信老陈能这么说话。

"你都听明白了，她无法拒绝你的。"

"这……这不是小三儿使的招吗？"丁强说的时候都感到耻辱、自卑。

"别想那么多，"老陈鼓励他，"你想那么多干什么，你是侦探，你是人民警察，你在抓坏蛋，什么招都可以用。"

丁强没有说话。

"这案子如果有结果,"老陈说,"我就能被调回北京,我肯定把你调来当我助手。"

"头儿,你这可不能骗我啊!"丁强激动了。

"怎么可能,一言为定。快点去唐人街问一圈姜平到底在那里是干什么的。"

"是!"丁强差点儿在洗手间里行个军礼。

"这么大早上你跟谁说话呢?"张大小姐睡眼蒙眬地推门问道。

"陈警官。"丁强面无表情地说。

"唉,这两天被那个孟主编给缠住了,今天咱们就开始调查哈。"说完她拉起丁强的手,"我知道你得干活儿了,待会儿上班了我们就先给那个纽约警察打个电话。今天就咱俩干咱俩该干的事儿。"

丁强本来准备要跟张燕发脾气,把这几天的怨气都撒出去,结果张大小姐一拉他的手,又说了这么中听的话,丁强反而不知所措了,只能乖乖地被张燕拉回床上。

张燕抱着丁强说:"再睡会儿,起来咱们就干活儿。"一会儿,两人就这么抱着睡了一个回笼觉。

17 Seventeen
萍姐

司徒连续抽了五根烟,对面坐着一个姑娘,眼睛还是青的,嘴角上、鼻子上都还有伤痕,嘴唇也没有消肿。

"你不是一直想整容吗?这次干脆咱们就一不做二不休,把鼻子垫高了,下巴削尖了,等整完了,你肯定觉得这顿打,太他妈值得了!"

姑娘低头看着手,不说话。

"钱都是我出,给你找最好的医院,明星去的那种,行吧?"司徒不知道还能说什么,他开的这个俱乐部还没有碰到过这么倔的女孩,死活要起诉党小明打人,要去找警察。这可不行,他这五层楼的俱乐部,光装修就上千万,警察来了肯定就做不成买卖了。

两人僵持了三十分钟,司徒只好给他哥们儿打电话了。

"喂,兄弟,是我啊,有个麻烦事情,我这儿一客人,玩的时候下手狠了点,这女孩死活要去报警,怎么办?"

"你公安那儿不是有人吗?"对方说。

"不行啦。那人不管用了。你就帮一下,派几个人找她聊聊,给吓唬回去不就得了。"

"交换点情报呗,谁打的?"

"还是老规矩吧,你有什么事儿,小弟香港都给你办妥妥的。"司徒嬉皮笑脸地说。

"那就算了。莫名其妙的人,我管不着。"对方不依不饶。

"别别别,我告诉你不就得了,但是这姑娘你帮我做思想工作哈!"司徒赶紧改口。

"那谁啊?"

"就上次你让我去警告的那个人,大人物。"司徒小声地说。

"真的!这姑娘叫什么啊?"

"李玲。身份证号码51345619950304××××。她什么条件我都答应,就别把我这俱乐部给封了就行。"

"你这朋友够本事的,砸别人的饭碗,还打女人。真他妈出息。你警告他了吧?"

"说了,说了,跟他说了别去给他那些穷老乡帮忙,会出事的,都点到了。放心。"

"得嘞,这事儿你就只当解决啦。"

"谢谢兄弟,啥时候咱们喝酒……"对方已经挂电话了。

东百老汇街47号已经不是张大小姐记忆中的那个小杂货店了,现在,这里是个富丽堂皇的中国点心城,两层楼里坐得满满当当的

17 Seventeen
萍姐

全是黄色人种，丁强进去就感动坏了，跟到家了差不多。他和张燕决定先吃点东西，和服务员搭讪，看看是否能问出什么来。

"你们老板是萍姐吧？"丁强问服务生。

"不知道。"服务生说。

"别急，先吃点东西，你得找年纪大点的服务员。比如那个！"张燕指着一个推点心车的老太太。他俩招手让老太太过来，从她车上拿了好多小碟子。

"您这儿点心真好吃，有甜的吗？"

"没有甜的，你要吃，我待会儿再过来。"老太太很和气，"你们大陆来的？"

"北京来的。"张燕说，"想家了。您这儿广东点心好吃。"

"我们都是福建人，不是广东的。"老太太说，"你们只知道广东，最好吃的东西都是福建的，佛跳墙要不要吃啊？"

"佛跳墙是福建的？"丁强也是头一次听说。

"是啊，那是我的家乡菜！"老太太骄傲地说。

"您家乡是福建什么地方？"张燕问。

"福州啊。你有没有去过啊，好多好吃的东西，还有这个肉燕。"老太太也不管他们要不要，顺手就把两碗放在张燕和丁强面前,"吃,吃,吃,很好吃的。纽约只有我们家有啦。"

"这不就是馄饨吗?"丁强说。

"这是肉燕!别的地方没有,沙茶面要吃不要吃啊?我去给你们拿甜点去!"老太太推着车去伺候另外一桌客人。

"要吃,要一大碗!"丁强真的饿了,这么几天的洋饭已经折磨死他了,什么四季餐厅、意大利菜市场餐厅,唯一还凑合的就是一个公园里吃汉堡的地方,那也没有卤煮好吃。到纽约四天,他掉了四公斤。

老太太一会儿转回来了,拿了一个巨大的碗,里面满满的一碗地道沙茶面,把丁强乐坏了。张燕看老太太对丁强那么好,就乘势问道:"您认识萍姐吗?"

老太太摇头说:"不认识。"

"那姜平您认识吗?"张燕看见老太太脸上表情严肃起来,就接着追问,"姜平不是给萍姐打工的吗?"

老太太不说话,想推车走,被张燕拦下来,还悄悄地往她手里塞了二十元美金说:"大姐您帮忙,我是姜平的同学,我想找萍姐问点事情。"

老太太显得有点害怕的样子,凑在张燕的耳边说:"2 Hester

17 *Seventeen*
萍姐

Street。"（海斯特街2号。）然后急急忙忙推着车走了。一边走，一边嘴里叨叨着福建话，还摇头。

张燕发现，海斯特街2号就在东百老汇的东南方，走一两条街就到了。吃完饭，张燕就拉着丁强溜达到了老太太给的地址，发现是一幢钉上板子被遗弃的楼。丁强上去拉了一下横钉在门上的板子，居然很轻松地就掉下来了，门也倒下了，里面一股尿臊味扑面而来，张燕捂着脸说："走吧，走吧。"

丁强还是要进去看看，张燕没办法，踮着脚尖跟在丁强后面。房子里面有一些烂家具，地上有很多针头，张燕已经吓坏了："快走吧，这里肯定是吸毒鬼待的地方。"丁强不管不顾，接着往里面走。张燕实在受不了，转身跑出去了，说："我在外面等你哈！"丁强往里面走，看见黑乎乎的一个屋子里，地上有东西在动，走近一看，是一个花被子在颤抖，丁强踢了一下，里面居然是一个人，有气无力地说了一声：操你大爷的，滚！丁强踢了一下那个人，他翻身坐起来，在黑暗中看着丁强说：姜平，我操，哥们儿你丫回来了……"说完就倒下了。

这个裹在被子里的人肯定个吸毒鬼，人已经瘦得不成样子，浑身屎尿，恶心得不得了。丁强根本不管这些，把这个人抱出房子。

张燕惊呆了:"你干什么?那是个死人吗?"

"他没死,他认识姜平,刚才他以为我是姜平,还叫我呢。我们把他带回酒店去。"

"绝对不可能,"张燕慌了,"酒店绝对不会让你带这么脏的人进去的。"

"那你去跟他们说,给他们钱,他肯定知道很多事情。"

"不行!"张燕拦住丁强,"我们想个别的办法,也许另一家酒店,破一点的。我来找找看。"

两个人正在争执的时候,丁强抱着的人醒了,看见张燕了:"张……你是张……"他指着张燕说,然后又昏过去了。

"他认识你!"丁强兴奋地说。张燕目瞪口呆地看着丁强抱着的这个骨瘦如柴已经缩成一个屎球子的人。她根本不知道这个人可能是谁,就是以前认识,现在这个样子,也已经面目全非了。

就在丁强和张燕还在犹豫该怎么办的时候,不知道从哪里蹿出来七八个人,里面大部分是中国人,领头的是一个黑人。

"你丫把人放下!"

丁强一看,居然是这个黑人在对他说话,中文很流利,但是口音很重。

17 Seventeen
萍姐

丁强一激灵,喊了声:"张燕!快跑!"他自己抱着那个半死不活的人跟在张燕后面跑起来,还没出去二十米,就被另一路人拦住,这些都是中国人,手里都拿着棒球棍,领头的腰里别着枪。张燕被他推了一下,一屁股坐地上,吓得尿裤子了。丁强还没定神,两个人冲上来,一个人将丁强抱着的人一把抢了过去,像一袋土豆一样抡在自己肩上扛着。吸毒鬼发出凄惨的尖叫。另一个人一把抱住丁强的脖子,一把锋利的刀已经点在他脖子上的动脉处。

"你妈了个逼的,回中国发财去,到他妈这儿来干什么!"黑人看着丁强说,"给我滚!"

然后带着他的两队人马扬长而去。

18
Eighteen

钻石王老五

18 Eighteen
钻石王老五

"对不起，司徒，我那天失控了。"党小明在办公室里戴着墨镜，跷着二郎腿，耳朵上别着一个蓝牙，手机就放在他坐着的沙发面前的茶几上。他手里拿着一份报纸，满脸得意的样子，昨天晚上的失落表情完全消失了。"有什么赔损你就跟我说吧。公安那边我已经跟詹部长说了。不会有什么事情的。"

"你搞定就好。我也找人了，现在这个女孩不好办，她要告你。"

"哈哈哈！"党小明笑翻了，"好好好，现在女的都这么猖狂，还要告我！阴盛阳衰，阴盛阳衰。你是哪个区来着？好吧，你让她告，她只要去告，我去打个招呼，她告她就进去。哈哈哈……不会的，不会影响你俱乐部买卖的。"

党小明在北京有十三栋办公楼，他自己用的那栋就在西长安街上。由于他的资产已经过千亿，大家都认为他的公司很庞大，实际上，他公司只有三十几个人。他最信任的人是一个老处女，打算一辈子不结婚，四十多岁了，已经给他打工快半辈子了。老处女也没有什么高级管理的头衔，就是一个办公室主任，但是权力特别大，连张大小姐都让她三分。前两天，张大小姐在纽约买了两幅油画，也不是很贵，才二百多万人民币，但是老处女马上嗅出来这里面有情况。早上，她看见党小明情绪不错就悄悄探进来半张脸，用蚊子一样的声音说："党总，有个事情跟您汇报一下。"

"进来吧！"党小明已经满血复活了，他又是那个战无不胜的孤儿党小明了。

老处女蹑手蹑脚地小步进来，把一张纸放在党小明的桌子上，然后退了两步，低着头，等着党小明吩咐。

"这宋氏兄弟什么人？"党小明问。

"好像是两个旅美艺术家，已经在那里很多年了。"

党小明随手按了一个电铃，三个女秘书突然出现在他的办公室，几乎齐声说："党总。"

"你们三个分分工，给佳士得、保利、苏富比几个拍卖行打电话，问一下这宋氏兄弟是什么画家，大概什么价位的。快点啊。"

三个美女"唰"一下都出门分别打电话去了。

党小明开始看手机，老处女毕恭毕敬地站在旁边。一会儿，美女们回来分别报告，几个拍卖行说，这宋氏兄弟熬了挺长时间，没人捧他们，年初被一个叫前波画廊的老板发现了，试探性地做了一个展览，居然被纽约的房地产大亨铁狮公司董事长斯帕尔收了一幅大画。现在市场上说这宋氏兄弟就是下一个罗氏兄弟，会大卖的。

18 Eighteen
钻石王老五

党小明笑了，冲着三个美女和一个处女说："我这老婆的眼光真的很毒啊，她买的这两幅多少钱？"

"二十五万美金。"老处女说。

"你们去给这什么'宋氏兄弟'打电话，把他们所有作品都买断了吧。以前的和未来三年的。一起付款，东西不用运回来。直接进纽约的仓库就可以。"

三个美女得令马上出去了。老处女还拿着发票站在那里问："那这二十五万我是先付还是再等一下？砍砍价？既然您都收了，是不是可以再便宜一些？"

党小明大笑："你赶紧付了吧，不然等张燕回来又要跟我干一架，说我不让她花钱，还得说我没文化。快去吧，今天就把钱转出去啊！"

党小明的公司是军队式管理，不管多么重要的职位，天天打卡上班。公司的财务部基本上全是他自己的亲戚，必须有血缘关系。而老处女实际上是他的堂姐，也不是什么处女，就是单身。老处女是公司里其他人给她取的外号，没人喜欢她，因为她把所有的钱都看得很紧，员工报销经常要三个月，甚至半年。最要命的是老处女总是卡着张大小姐花钱，张燕一般不花党小明的钱，只是有些东西张燕认为是投资,算作共同财产,党小明拿钱买银行,她就拿钱买艺术品、房地产。这几乎是他俩不成文的分工,因为是投资,所以大部分钱还是党小明出。老处女看不惯,总是在付款上面作梗。就比如几年前,张燕在巴黎买了一套公寓,就在卢浮宫后面。当然,她买了一层,当时她觉得巴黎一区能买到房子就很不错,何况这种窗外就是卢浮宫和塞纳河的房子。谁知道首付到了老处女那里被卡下来,差点失去了买这套房子的机会。为这件事情,张燕的妈妈还特地给党小明打了电话。不过至今为止,张燕买的艺术品和房产,升值速度比党小明的大买卖还快。而这些财产,两个人心照不宣地都留在海外了。

不到中午,王中淮来找党小明。党小明的美女秘书团最喜欢这个大嗓门、大嘴的王总——没别的原因,因为王总是京城的钻石王老五。据说他的个人财富甚至超过了党总。看见王总进来,她们都会起立相迎,沏茶倒水,很热情。美女们都知道,王总来了一定是和党小明密谈,不会有别人在。美女把王总引进党小明办公室的时候,老处女就方便得溜了。

"嘿,我跟你说现在这文化公司很火呀,你有没有兴趣啊?"

"当然有兴趣,我刚看了一个数据,全国票房五百多亿吧,据

18 Eighteen
钻石王老五

说现在光电影基金就有两千多亿,那怎么投啊?钱那么不值钱,咱们没价值啊!"党小明说。

"你是真想拍电影啊!不会吧?"王中淮奇怪地看着党小明,这个平常贼精的人怎么这时候说出这么傻的话。

"我无所谓,张燕要拍,她要给那个公关公司增加业务,搞成制片公司。我就投了一个亿。"党小明不在乎地说。

"这个大小姐,你够惯着她的呀!要啥给啥。"王中淮嘴上这么说着,心里想,你这捡破烂儿的民营企业家,要不是攀上高枝,我王中淮再缺钱也不会找到你这儿来。王中淮想想总是有点自卑,他自以为商业感觉特别好,但是每次自己操盘的买卖都亏得一塌糊涂,只有和民营企业合作,兑换一下他这几箩筐的人脉关系,让别人操盘,他才真的赚到钱。王中淮很把自己的出身当回事情,他爸爸原来是张燕爸爸的部下,所以王中淮看见张大小姐,有点像英国首相见女王似的,还是毕恭毕敬的。他就不明白,一个出身如此上流的女子,怎么嫁给这么下流的一个商人。难道真的为了钱吗?想当初,他王中淮还真的有点喜欢这个文绉绉的小丫头。现在什么都晚了,党小明已经成气候了,连他王中淮想花点钱,也得找他商量。最近,王中淮迷上了电影,更准确地说是迷上了一个三流女演员,这个小丫头把他弄得五迷三道的，天天魂不附体。有天早上，姑娘一边打行李一边说，王中淮不投一个影视公司，她唯一成名的途径就是去睡别的影视公司老总，当然，她心里只有王中淮。

王中淮以贵族自居，当然要充当白马王子救女人，他让情人把制片人叫来跟他聊一下，那是一个三十多岁的小伙子，在王中淮眼里，就是一个骗子。拍一个电影，居然要近两个亿，还说这是小制作。他为了情人，一口答应成立一个影视公司，让情人当股东，也当制片人。钱，他王某全出了。晚上，情人搂着他睡觉的时候，王中淮突然醒来觉得自己钱不够花了，他躺在那里，一动不动地心算了一下，美国那个跳芭蕾的情人刚买房，六百万美金没了，家里大老婆（未离婚）要陪儿女去伦敦读书，也需要买房子。原来以为几个包包、几条裙子能把这个小女子打发了，现在居然她最贵，上来就两个亿投资电影。想到这里，王中淮都快睡不着觉了。早上起来，他仍然怅然若失，突然接到党小明相约的电话，顿时开朗了，对啊！他可以给影视公司融资啊！干吗花自己的钱！

"应该的啦！没有她们一家，哪里有我的今天！"党小明把王中淮想的给说出来了。党小明知道这个有背景的王总不是个买卖人，虚荣，以贵族自居，其实看不上他这种社会底层起来的人。这

18 Eighteen
钻石王老五

个王中淮号称资产过百亿，其实都是纸面上的，帮别人拉关系，人家给的干股，都有金手铐匹配着，账面上的钱，花起来的时候不好用。他党小明是做现金买卖的，除了钱真的什么都没有。但是他觉得他的钱不够多，所以那些老乡要他收购银行股份，他巴不得，这么多年，他一直想拿到一张正儿八经的银行牌照，难啊！连张燕的妈妈都帮不上忙。没有金融牌照，他党小明的钱就不能生钱，也不能用社会上的钱，太憋屈了。

今天这个约会是党小明找王中淮，司徒来回警告他不要收银行，连张燕妈妈都劝他别去管闲事。他开始心里没底了，最近他又跟那些老乡们聊了几回，基本上银行管理层政治背景深不可测，董事会又没有一个大股东，所以银行多少被高管绑架了，他那些老乡都没什么背景，只是贼有钱，所以想推出党小明这么一个大股东，用董事会去整治一下银行的高管。党小明只想着牌照，这次疏忽了背后这些关系，现在有点后怕。他想让王中淮开动一下舆论的工具，帮他收银行做点铺垫。比如抓住现在银行高管的小辫子，生活上的就可以，先造点声势出来。约王中淮的时候，党小明的心理价位是五百万人民币，谁知道这个王中淮进来就谈影视公司投资，那还不得是几个亿的事情？而且把钱给这姓王的真是肉包子打狗，他党小明就要和几个亿说拜拜啦。

两个人各有各的打算,在党小明的办公室周旋了一阵子,外面的美女说菜好了,两位老总可以去用餐了。党小明中午几乎是吃素,所有蔬菜都是他京郊自己的农场里专门种的。这些都归功于张大小姐,她老说:You are what you eat.(你吃什么就是什么。)中午几个青菜,汤汤水水,没有酒。

上水果的时候,党小明开始试探地问王中淮:"中淮,我问问你,那个银行我该不该收啊?要是收,怎么收呢?你帮我出出点子。我……唉……还压力挺大的。"

"你要动人家奶酪啊!人家肯定跟你急。你觉得值得就去拼一把,你又不是没打过这种架。"

"值得倒是值得,但是我不能赤膊上阵吧?听说那几个高管很腐败?"

"有几个不腐败的?哈哈……"王中淮马上知道党小明要他干什么,他觉得他那影视公司的钱已经找到了,这姓党的富得流油,两个亿对他来说不算什么,"但是人家关系很深,没人敢随便说他们。"

"到底谁是后台你有数吧?"党小明问。

"不是一个两个,所以没人动他们。要不然,你那些老乡会这

18 Eighteen
钻石王老五

么便宜把股份都让给你？"王中淮说完就打住不说了。他要让党小明开口求他。

"是啊，是啊，我也是两难啊。这几个老乡可都帮过我，我也不能见死不救啊。"党小明说。

王中淮不说话，他不接这个下茬儿。

"算了，王总，说点不头疼的事情，说说你那影视公司吧，什么项目？"党小明说。

"那个啊，"王中淮说，"对你党总太小意思，就两个亿，成立个公司，拍个电影。小买卖一桩。"

"两个亿也不小啦！要不你看是不是干脆和张燕的那个影视项目合在一起。据我所知，张燕还在筹备阶段，这不，她那洋搭档给人烫伤了，她赶去纽约看他了，我也还没注资呢。你看如何？"

"可以啊，"王中淮笑了，毕竟是聪明人，一点就明白了，"那我让下面的人找张燕的人聊聊吧。那电影倒是个不错的项目，演员阵容很好。"

"行，那就这么定了。"党小明痛快地说，"咱们这么做吧，还记得孙新吧，就那个国企的副总，他那里也成立了一个文化基金，要做影视，我觉得我们把影视公司建立起来，先开拍，然后让他们接盘吧。你不是认识他们董事长吗?我让孙新来接这个项目,到时候你去打个招呼?"

王中淮心想,他妈的,这些民营企业家,也太鸡贼了,敢情早就算好让谁接盘了。他突然想起来那天晚上吃饭碰见的那个孙新,年纪轻轻,一定是党小明早就想明白怎么下这盘棋了。结果他王中淮是给党小明送项目来了,还得给他跑那个国企董事长的关系,丫他妈太精了。

"还有一件事情,"党小明言归正传了,"那个银行高层的事情你帮我打听一下,看看网上是不是有爆他们料的东西啊。如果有,是不是让上面也知道,不能给这么不靠谱的做后台啊,会被连累的。"

"你说得太对了,咱们好多领导都是这样被下面人给蒙了。先在网上搞一搞是个好主意。如果群众都知道他们腐败,谁还敢站出来替他们说话。"王中淮清楚这种交易,这时候就不用再摆姿态了,直接谈价格就是了。他拿起他的公文包准备离开。

党小明也站起来送他,到门口,王中淮搂着党小明的肩膀说:"那这几件事情就这样了,孙新的董事长我去打招呼,网上我安排下面的人去挖点故事出来。"

18 Eighteen
钻石王老五

"好好好，这些事情就都拜托你啦。"

"对了，"王中淮停了一下，"咱俩一起的那个媒体公司注资的事情……"

"那个你就不要操心了，钱我出，孙新接盘以后我们分账就是，你说怎么分就怎么分！"

"行行行，我们就让律师去折腾这些具体事情吧。"王中淮打开门，美女秘书们已经列队欢送他了。其中一个把他一直送到楼下。

王中淮走后，党小明喘了一口粗气，今天这个中饭一箭双雕，他和孙新已经商量好接盘的事情，只是孙新年轻，怕他的董事长不同意，因为张燕的影视公司是个新公司，没项目、没人、没业绩，任何老总都会怀疑为什么不去接一个更成熟的公司。这下好了，这个王中淮肯定能搞定董事长，两个亿出去没关系，马上十几个亿就回来了。还有那棘手的银行，如果舆论上先把那些高管弄臭了，后面就好办了。

想到这里，党小明很得意，他准备给自己泡一点武夷山送来的好茶，休息一下。就在这个时候，老处女又悄悄把门拉开，手里拿着党小明的手机，一手捂着电话，好像不想让对方听见她在跟党小明说话，一边用蚊子一样的声音说："是萍姐打来的。"

党小明有十几年没有听过"萍姐"这个名字了,他突然毛骨悚然,有一种很不好的预感,他起家、发家都离不开这个萍姐,但是他们都说好了,以后井水不犯河水,党小明在中国发展,萍姐在纽约。她今天来电话一定出了什么事情。但是他必须接这个电话,所以他就示意老处女进屋,把门关严。他不想让外面的美女们知道萍姐的存在。

"萍姐,"党小明用福建话说,"好久不联系,你好吗?"

"我很好,"萍姐用福建话回答道,"可是你告诉我,你的老婆怎么带着一个小警察到纽约来跟我捣乱啊?"

19
Nineteen

当年事

19 Nineteen
当年事

老早之前,有人跟张大小姐说过:纽约不属于美国,属于第三世界。她一直没明白其中的含意。那天从海斯特街生死逃离后,她才明白,和她分手以后,姜平继续生活在纽约,只是在另一个世界里。

在张大小姐的世界里,Roger的妈妈是一个楷模型的女人。她是建筑师,怀上孩子以后就放弃了职业,回家养孩子。老公是纽约共和党的铁杆,保守派的中流砥柱,纽约华尔街最大律师行的合伙人。Roger妈妈是纽约两个慈善机构的董事,一个是大都会芭蕾的基金会,另外一个是给街头流浪汉提供免费食宿的基金会。张大小姐在纽约的时候,她还带她和Roger去给这些穷人做饭,张大小姐回国以后也效仿着Roger妈妈的样子,做了两个基金会,一个是赞助民工孩子的学校,还有一个是非物质文化遗产保护的项目。两个基金会都得到国家的表扬和民政部的认可。就比如那个非遗基金会,除了党小明和他的朋友们捐钱,连中国银行这样的国企都给钱,每次做活动,都可以募到五千万。说实话,这些钱怎么花是张燕头疼的事情,基金会有上亿的捐款,但是没有那么多好项目,她也只好让党小明先给她管着钱,保证钱在赚钱就好。她觉得这样她也就算负责了。这次来纽约,她本来还想问一下Roger妈妈,美国基金会是不是也有同样的问题,怎么处理。但是张燕不知道Roger

对她什么态度，所以也就没敢上门打搅。

Roger妈妈回家就看见儿子呆呆地坐在客厅的飘窗上，手里拿着一个未开封的信封。

"想什么呢？"Roger妈妈问道，她轻轻地用手梳了一下Roger的头发。

"嗨，妈妈。"Roger目不转向地回答道。他和妈妈感情很好，但是至今他不知如何启齿向家人讲他在中国的日子。

"这什么信啊？"他妈妈问道，"打开看看吧。"

"不是给我的信，妈。"Roger转身冲着他妈妈，他长叹一口气，不管怎么样，他总得开口，不然他快憋死了。如果他要倾诉，那最佳选择还是妈妈。

Roger去厨房端来一个托盘，上有一只茶壶，两个茶杯，准备坐下来跟他妈妈讲述他在中国的经历。

"你记得张燕在纽约原来的男朋友吗？"Roger问他妈妈。

"有印象，"Roger妈妈说，"艺术家，很有才华的一个愤青。"

"对，就是他。大四那年我和他们一起在学校附近租的房子住，那真的是我最开心的一年。我还记得张燕怀孕了，我陪她去跟

19 Nineteen
当年事

校方交涉,她不想休学,就想挺着大肚子把本科念完,然后和姜平结婚生孩子。说实话,那时候我们都很担心将来他们怎么养得起这个小孩,可是姜平倒是很乐观,他说他去唐人街送外卖能养活他们。我那时候差点想问你能不能让他们在我们长岛南汉普顿的房子住下。"

"我不记得你问我啊?你如果问了,我肯定会说Yes的。"

"我知道,妈妈,"Roger接着回忆道,"但是姜平真的是天才,佩斯画廊给了他十万美金的预付款,准备在我大学毕业那年春天给他办个展。那个展览如果成功了,姜平就是第一个进入西方艺术市场的中国大陆艺术家。"

"那后来?"

"确切情况我也不是都了解,我记得我们毕业那天,大家都很开心,张燕挺着大肚子上台领毕业证书,我们都使劲为她鼓掌,大家都觉得太不容易了,也想鼓励一下学校开明的决定,没有逼她退学。唯一不太高兴的人是张燕的妈妈。她是个中国的大官,说来纽约出差,正好来参加张燕的毕业典礼。"

"她是不是很不喜欢姜平,我想如果我是张燕的妈妈,看着女儿没结婚,肚子大了,我也会讨厌姜平的。当然,他将是一个出色的艺术家会让我感觉好很多。"

"张燕的妈妈不开心,她和姜平很客气,但是她一直在和张燕现在的丈夫说话。"

"真复杂。"

"是的,妈。中国人的事情很复杂,你不能只看《纽约时报》里面那些过于简单的报道。中国不是他们说的那样,而且等他们爆料,事情已经过去了。前几个月,张燕的丈夫还上了《纽约时报》了,他好像买了一栋楼吧。"

"Oh, my God!(我的上帝!)那是张燕的老公啊,儿子,你要介绍我认识他,我朋友做大都会艺术博物馆慈善舞会,还想跟他聊聊,看他是不是捐款。听说这些中国大款都非常想进入纽约上流社会,我能介绍他认识他该认识的所有人!"Roger妈妈开始有点激动了。

"妈!妈!我不喜欢张燕的丈夫,他有问题。"

"儿子,他的钱是好的,艺术需要资金。"

"你能听我说完吗?"纽约人对吸金的兴趣是Roger觉得恶心的事情,他爸爸是保守派,一心做大买卖的法律护航者也就罢了,但是他妈妈一直是"白左圣母",没想到听见有钱人,也是这么赤

19 Nineteen
当年事

裸裸地要冲上去。他突然失去了再跟他妈妈讲话的兴趣。

屋里突然非常安静。Roger妈妈去厨房煮茶,再拿点小点心,她一边煮茶一边对Roger说:"对不起,我不是想逼你去和你不喜欢的人打交道,但是你不知道现在中国人在我们圈里多火,每个人家的晚宴都必须有个中国客人,不然都不够时髦。如果桌面上没坐着一个有钱的中国人,就落伍了。你那朋友的老公,应该是这个月最受欢迎的中国人啦,他好像不错,不像那个在《纽约时报》上投广告,然后满大街送钱的疯子。那个叫陈什么的中国人,你认识他吗?"

Roger在沙发上坐着,又开始傻呆呆看着自己手里的信封。

"吃个布朗尼吧,这是你最爱的,胖巫婆的布朗尼。你告诉我后来呢?其他的事情我待会儿再跟你聊。说吧,我保证我不插嘴啦。"

Roger又叹了口气,咬了一口胖巫婆布朗尼,他感觉好多了,糖,是美国人幸福的秘密。"我们毕业那天早上,张燕妈妈带着她现在的丈夫来参加毕业典礼,姜平和张燕现在的丈夫还寒暄了几句,但是我没觉得他们是朋友,也不是敌人。张燕怀着姜平的孩子,也没怎么关注她现在的丈夫,反而是张燕的妈妈,一直拉着他说话。挺怪的。"

"毕业典礼完了以后,我们就回纽约了。"Roger拿起第二块布朗尼，他妈妈瞪了他一眼，掰了一半自己咬了一口，把另一半给 Roger 了，"姜平在肉库区租了一个巨大的 Loft，张燕特别高兴，我当时正在犹豫是回家住还是赖在张燕他们的沙发上，我不想看见我爸爸给我脸色。我记得张燕妈妈打电话来，说她可以留在纽约待一个月，等张燕生了孩子再走。张燕还挺高兴的。"

"后来呢？"他妈妈终于听进去了。

"张燕离产期还有三周的时候去找她妈妈，哭着回来的。我问她怎么回事，她说她妈妈不让她跟姜平结婚，理由是姜平的爸爸因为走私要进监狱了，如果张燕和姜平结婚，她就只能留在纽约，不能回国，她妈妈必须和她断绝母女关系，不然她的仕途会断送在她女儿的婚姻上。"

"这简直太中世纪了吧？亨利八世也不会这么不讲道理。"

"妈，在中国是这样的。所以张燕就很困惑，但是她又不想告诉姜平，她想等孩子生下来再跟姜平商量，也许他们不用结婚，就在纽约同居也挺好。"

"是的，再说孩子他爹是艺术家，在纽约就是十几年前，也没人会眨眼。"

"那天晚上我和张燕聊了一夜，她开始觉得待在纽约也挺好

19 Nineteen
当年事

的,她想入美国籍,还可以回去看她妈妈。事情没有那么坏,我们都认为她妈妈把小事戏剧化了。张燕开玩笑地说,如果姜平是负责天安门城楼上毛泽东肖像的画家,她妈妈肯定同意这门婚事。但是姜平的作品都是在中国无法展出的。"

"你们计划得很对啊!"

"是的,当时我们也是这么想的。姜平正在布展,展览开幕式是张燕产期前两周,姜平说他好像同时生两个小孩,每天都跟吃了兴奋剂一样。展览开幕前一天,我在画廊帮姜平布展,大概下午三点,他说他约了张燕妈妈聊聊,就走了。我接着布展,一直到晚上九点,姜平喝得大醉进来,把佩斯画廊和他自己的作品都砸了。我给张燕打电话,让她过来,她那时候已经快生了,但是没人能拦住姜平,我们怕事情闹大,结果张燕来了根本没用。姜平不仅没安静下来,反而破口大骂张燕是婊子的女儿,要跟她彻底分手,要张燕去堕胎,说孩子生下来也是个势利眼王八蛋,绝对不可能是好东西。他永远不要回中国,他让张燕滚。"

傍晚了,外面开始下雨了。Roger走到窗前看着楼下来回走动的雨伞,纽约一下雨是打不着出租车的,这点好像大都市都一样。而且只要下雨必然堵车,窗外雨点中的车灯是模糊的,很像什么电影里的镜头。

"下雨了。"Roger说。

"哦，还好我今晚没有什么约会。你晚饭想吃什么？"

"无所谓，妈妈。"Roger回到他原来窗前的位置，还是呆呆地望着雨中的纽约街道，"姜平和张燕分手那天也下雨，张燕那天晚上跑了。警察来了，把姜平带走了。三个月以后，张燕说她回国了，要我去跟她一起开一家公关公司，我再也没有姜平的消息，一直到有人把这封信送到这里，这是姜平的字迹……"

"你说什么？亲爱的，"Roger妈妈在厨房里大声说，"我煎两条鱼可以吗？"

Roger家的公寓在中城，57街五马路和六马路之间，下楼右转到57街五马路就有一个地铁口，坐F地铁到百老汇／拉菲耶站，大概也就十五分钟，再走十分钟，就到了张燕和丁强出事的海斯特街。再往西走两条街，有一个有两栋高楼的小区，这是纽约市政府为城南建设的经济房，这个小区叫尼克博克（Knickerbocker），也许这个区域原来荷兰移民比较多，所以叫这个名字，但是实际上小区里还是中国人最多。

19 Nineteen
当年事

纽约的经济房和中国不一样，不能买卖。如果你是缴税的低收入人群，你就可以申请住经济房，经济房的房租很低，只是正常房租的三分之一都不到。萍姐就住在这个经济房里十五层的一个两居室公寓里。

萍姐的公寓里面有不少人，大家都等着跟她请示汇报工作。萍姐坐在厨房里，她在煲汤，屋子里有一股香喷喷的佛跳墙味道，萍姐已经守着炉灶一天了，就为了煲这一锅佛跳墙。今天晚上有八个家乡来的人，这些人偷渡过来不容易，只要是家乡的人来，萍姐都会给他们煲佛跳墙喝。

"针头怎么办？"黑人问。

"那个女的还会去吗？还是你真的把她吓跑了？"萍姐问黑人。

"那个女的肯定不会去了，但是那个男的说不定，还有，他身上有功夫，肯定训练过。"

"他原来是警察。"

"中国警察？"

"是啊，都会功夫的！"萍姐比画两下，示意黑人不要轻敌。

"好啊，来，我跟他练练！"黑人一踢腿，差点把厨房的蒸锅给踢翻了。

"Stop！"（停手！）萍姐大喊。大家立刻肃静。

萍姐站起来，她的个子很小，大概只到黑人的腋下，她仰头看着黑人，黑人立刻蹲下来，这样是黑人仰望着萍姐。

"你把那个针头扔回Hester，如果那个中国警察来了，你就让他留在纽约吧。"

"懂了！萍姐！"黑人转身走了。

"船什么时候到？"萍姐问她旁边的一个男人。

"哎呀，不是早说了吗，晚上十点才到，你先睡觉去吧。"但是萍姐是不可能在来人的晚上去睡觉的，作为纽约最著名的蛇头，她总是等她的"客人"到纽约。

"护照呢？"萍姐是个细心的人，自从姜平走了，负责"接客"的人总是粗心大意，上次有人居然用联邦快递寄客人的护照，开玩笑！现在要格外小心。现在姜平不在了，她的"导师"都是废物，英文没有姜平好，自己都不了解白人的规矩，净瞎讲。萍姐还是很想念姜平的，尽管这样，她不后悔把这个忘恩负义的东西干掉，不然不知道要有多少麻烦。只是这个党小明怎么搞的，难道多年不接触业务，连屁股都不擦干净，还放自己老婆过来胡闹。她萍姐真的不需要党小明这种已经洗白的前搭档来找麻烦。

19 Nineteen
当年事

萍姐来纽约已经二十多年了,她和党小明的前老板是搭档,刚开始,老范给萍姐拉客人,萍姐在纽约收了钱,老范就安排这些人去香港,从香港再坐飞机去加勒比海国家,从那里再偷渡到纽约。萍姐是个公平的人,每个客人都给老范分30%的佣金。但是地下银行是党小明开创的。萍姐的非法移民在美国不能开银行账户,没有社保号码,萍姐和党小明就开通了一个地下渠道,萍姐在纽约收美金,党小明四十八小时内把美金在地下银行换成人民币汇入收款人账号。这是个巨好的买卖,比"卖人头"风险小,而且来钱快,很快,萍姐和党小明就完成了资本的原始积累。

"你给党小明再打电话。"萍姐跟她身边的姑娘说。

"还是那个电话号码吗?"姑娘问。

"是的,是的。"萍姐不耐烦地说。

"你呀,就是没有自己的儿子,所以太轻信啦!"萍姐身边的男人说。

"你不要再说啦!"萍姐狠狠地瞪了那个男人一眼。男人不吭声了。

"接通了。"姑娘把电话交给萍姐。

"明仔啊,你那个警察是不是有来头啊?有人说国际刑警也搞进来了,怎么回事啊?我欧洲买卖一点问题都没有哈,你不要再给我惹事啦!"

"萍姐,"党小明在电话那头冷冰冰的声音传过来,"怎么可能是我给你惹事。呵呵,我马上是全国政协委员了,你是什么人,我躲你都来不及,当初如果你按照我教你的去做,怎么可能有今天这种事情?你这回把屁股给我擦干净,要不我把你福建老窝全部交给公安!"说完他就把电话挂了。

萍姐挂了电话,气得浑身发抖。她已经是六十多岁的人了,还有高血压。她旁边的男人马上把药递给她,轻轻地拍着她的背。

"当年要不是老范是他师父,我怎么也不会去搭理这个没良心的党小明。"萍姐说。旁边的男人没有说话,心里想,那个老范也不是好东西,欺负我不会挣钱,你是我老婆,他照样在我家里和你睡,这么多年,我也就忍了。但是他嘴上说:

"唉,不提过去的事情好不好,你想想,我们人里面,除了那个针头,还有不在我们控制范围内的人认识姜平吗?"

"除了他儿子,倒没有别人了吧。"萍姐说。

"就是那个党小明当年让你处理的孩子?"男人问。

萍姐点点头。外面的雨下大了,她站起来叫屋子里的人都不要等

19 Nineteen
当年事

了,接到人她会通知他们的。然后她走过去,挨个儿把窗户都关上。萍姐记得十几年前,党小明到纽约来,告诉她他找到大靠山了,但是他要做一件他非常不情愿的事情,去娶一个他不想要的女人,而且这个女人还怀着别人的孩子。但是这个女人的妈妈在中国太有势力了,批了一张条子,就把调查他走私的警察送到非洲去喂蚊子了,他要是当了她的女婿,可真的就是登天啦,以后没人敢查他,他不用去做生意,生意都会找上门来。

萍姐记得那天党小明一边得意一边哭,他说他对不起他的老祖宗,要一辈子戴绿帽子,替别人养孩子。"代价啊!"党小明躺在沙发上,满嘴酒气地喊道,"我为什么要付出这么高的代价啊!老天爷,这不公平!"

还是萍姐问他,为什么不把孩子交给爸爸去养。党小明恶狠狠地说,藕断丝连,那个女人如果知道孩子在爸爸那里就不会死心塌地跟他党小明了。萍姐当时心里"咯噔"一下,觉得老范选的这个接班人够狠。当时萍姐还想,如果党小明真的攀高枝了,或许也能帮到她。本着这种自私的心理,她给党小明出了一个主意,让他把孩子交给她,她来处理,就告诉张燕孩子死了。这个过程很复杂,两人为了达到目的也花了不少钱去贿赂医院的医生、护士和保洁员。结果,孩子偷出来了，张大小姐也一直认为，孩子因为早产，生下来就死了。

孩子偷出来以后，党小明就交给萍姐了，之后很少跟萍姐来往了，地下银行的买卖还在继续，但是已经从党小明的公司中分离出去。到后来就渺无音信了。

小孩领回家以后，萍姐心就软了，她像早得了一个孙子一样围着这个小男孩转。她打算自己养这男孩。奶粉、尿布都买最贵的。还很过分地要去找个奶妈来喂奶。

就在萍姐瞎忙乎的时候，他的男人来到了拘押姜平的警察局，问当值的警察："有个叫姜平的关在这里吗？"

警察查了一下记录，说："有！"似乎巴不得有人把姜平带走，一会儿就把他领了出来。

姜平估计在里面没少吃苦头，脸上都是伤，一只眼睛被打得几乎肿成一条缝。

"你是他爸吗？你儿子有暴力倾向！签字。"警察冲着萍姐的男人说。

他没说话，签了字。抓起姜平就往外拖。

"你谁啊？！我他妈认识你吗？你他妈放开我！警察！我不认识这个人！"警察根本不理他，两个华人之间的事情，他们只当看

19 Nineteen

当年事

不见。

萍姐的男人把姜平带上车,在车里,他对姜平说:"你当爹了!"

姜平听不懂他闽南口音的汉语,继续骂:"你他妈谁啊你?"

"你当爸爸了。"男人面无表情地又说了一遍。

姜平愣了,问:"张燕生了?她在哪里?你能带我去医院吗?"

萍姐的男人根本不理他,车驶进尼克博克小区,停下后,他狠狠地抓住姜平,像抓小鸡一样把姜平带上楼。

萍姐正在给宝宝喂奶,看见她男人和姜平进来,愣了一下,接着哄孩子。

"乖乖,好好吃饭,哦……哦……"

"你把孩子还给他。"萍姐的男人对萍姐说。

萍姐紧抱着孩子,转过身去。

"张燕呢?!"姜平吼道。

男人反手一巴掌把姜平打翻在地上,打得他嘴角溢血。

姜平从地上立起来,从后面死死勒住男人的脖子,想把他扳倒在地。没想到男人头都不回,右肘曲起向后,弹弓一样猛地在姜平的肋下戳了一下,姜平便扑通一声倒地上,浑身发麻,手也开始抽筋。这时候他才意识到这男人身上有功夫。

"把孩子给我。"男人平静而不容反对地对萍姐说。

"唉!"萍姐叹了口气,她真的舍不得这孩子。但是她男人去算了八字,说这孩子命太硬,和他相克,死活不让养。平常所有事情,男人都听萍姐的,从来没这么较真儿过,萍姐心里也知道,这回她必须让步了。"乖乖,听话哟。我们闭眼睡觉觉……"她边哄边把孩子递到男人怀里。

怀里没孩子的萍姐突然变了一个人,满脸凶相,对男人说:"你不要让这混蛋回国去找那些大人物的麻烦。我们国内的现金可全握在人家手里哟。"

"放心,"男人说,"他想孩子活着就得听我们的话。"

随后男人把姜平送走,分开时,他看着姜平怀里的男孩,对姜平说:"为你儿子好好活着。"

这句话就是姜平一直活下来的理由。

外面的雨越下越大,萍姐开始着急了:"船不会有问题吧?"

"那么大的船,这点风雨算什么。"男人说。

在纽约的另外一个世界,Roger和他妈妈坐下来吃晚饭。Roger

19 Nineteen
当年事

妈妈特意开了一瓶白酒。

"那后来这个艺术家在纽约做什么呢?"Roger妈妈问。

"姜平已经死了,他回中国,被一群人乱刀砍死了。"Roger说。

"哦。太悲惨了。"Roger妈妈顿了一下问,"鱼好吃吗?"

20
Twenty

暴雨夜

20 Twenty
暴雨夜

这一年的纽约暴风雨是载进历史的,只是张燕不知道她无意中又在这场暴风雨的中心。

那天晚上,Roger在纽约中城的公寓里吃着他妈妈做的鳕鱼;萍姐和她的男人在海斯特街2号焦虑地等着长岛接客人的"导师"给他们报平安;而张燕和丁强坐在肉库区的时髦酒店顶层套房中,谁都不想理谁。

从海斯特街回来的时候张燕就一直在哭,丁强怎么劝也没用。到了酒店,也没跟丁强商量,张燕开始打电话给国航,把他俩回国的航班改到了第二天下午。丁强坐在一旁,心里很生气,他觉得这些有钱有势的人怎么都那么脆弱,毫无正义感。之前,他丁强还觉得或许姜平不是什么好人,但是今天下午的遭遇告诉他,姜平肯定是被人害的,他的死不可能是打架斗殴的偶然结果。他觉得张燕仓皇逃离纽约说明这个女人从来没有真的想调查这个案子,她就是想找一个没有耳目的城市和自己鬼混。想到这里,丁强觉得浑身恶心,他决定再也不跟张燕做爱了。他要坚持调查这个案子,给老陈一个交代,回到北京,他就回河北当农民去,那里的生活简单、干净,他读得懂。和张燕的关系总是那么复杂,而且现在让丁强觉得自己脏兮兮的。

张燕和丁强在房间里低头坐着，各有各的心事，房间里静得让人心慌，还好外面的暴雨噼里啪啦地打在玻璃窗上，让这对情人恋情尽头的肃静显得不是那么尴尬。

张燕改签好机票开始整理箱子，一边整理一边说："你也收拾一下吧，买了那么多衣服怎么拿回去，但愿明天早上雨停了，我们去买个箱子。"

"不用了，"丁强冷冰冰地回答，"这些东西我都不要。"

张燕紧张地看了他一眼，没说什么，接着整理自己的行李。

过了大概五分钟，丁强突然站起来，一手把张大小姐拉到沙发上跟他面对面坐下。"我问你，"丁强严肃地说，"我是你玩的第几个男人啦？"

张燕傻了，她不知道丁强怎么会这么问她，在紧张中她不知道为什么扑嗤笑了。

"你还笑？"丁强怒了，"你们这些有钱人觉得我们都是儿戏，是不是？拿来玩玩，玩死了也没什么了不起的，二十年以后再找个长得差不多的接着玩！你们真他妈是一帮畜生！你们是畜生！"说着说着，他快哭了。

"你冷静点，丁强！"张燕说，"你瞎说什么呢！谁玩你了？"

20 Twenty
暴雨夜

"你口口声声说要来纽约调查姜平的死因,你调查了吗?天天吃吃喝喝,嘴上说你不喜欢那姓孟的,实际上你比她还恶心,至少她表里一致,你呢?他妈的道貌岸然,一副高贵样,我去!"

"你不能这么说我!"张燕先哭了,"我当年是真的爱姜平的,是他不要我了,让我滚。我当时只能去找我妈妈。我来纽约也是真的要查一查他的死因,他死得那么惨,而且没有亲人去认尸,我特别难过。"

"去你妈的!"丁强真的想扇这个虚伪的女人一个耳光,但是他控制住自己,拿起一件Gucci T恤衫,在张燕面前狠命地撕,"你当年不想问问他,怎么见完你妈就这么大变化?你就是怕没了你这大小姐的身份,转头就投向你妈妈的怀抱去了。跟你今天做的一样,你他妈要是你自己说的那个人,你就留下来把事情办完了再走。"

Gucci衫被撕破的一刹那,张燕"哇"地哭出声来了。她这时候觉得她错了,她妈妈是对的,家庭背景决定一切,她怎么可以和这么不靠谱的小孩在一起,还觉得是爱情,现在怎么办?怎么办?她的第一直觉是奔向妈妈的保护伞下面,哪怕是党小明的保护伞也可以,可是,她自己带着这么一个河北野孩子到纽约来。她这时候才意识到自己真的太鲁莽了，贪恋一种不存在的爱情。

丁强看见张燕真的被吓着了，反而冷静下来说："你把机票再改回去，我们再待一周，把事情调查清楚。"他递给张燕一盒纸巾。

"不行的，"张燕抽泣着说，"你得顾大局，我们在这里瞎调查，又不是警方，弄到大使馆去就给我妈妈找大麻烦了。你不懂的，我们要调查这件事情最好回去找我妈妈，或者让陈警官自己来调查吧。"她说完这些话，突然发现她妈妈在十几年前也是这么劝她不要再去找姜平的。

"你不改票，是不是？"丁强还是很强势地逼问道，"你不改票我也要调查。"

"你真的别惹事了，很危险的。"张燕几乎在哀求丁强。

"你不改票没关系，我今天晚上就把这事情弄个水落石出。"他拿起一件外套冲出房门。外面仍然是瓢泼大雨。

张燕犹豫了一下要不要跟出去，其实她坐在沙发上听见房门"砰"一声关掉的时候，她就已经知道她不会去追丁强的，就像当年她没有再去找姜平一样。她跟自己说："我能做什么，两个人在雨中比一个人还麻烦，估计他找不到海斯特街，一会儿就回来了。"她向窗外楼下酒店大门望着，想看丁强朝哪个方向走的，但

20 Twenty
暴雨夜

是外面漆黑，雨像一面厚重的窗帘铺在玻璃上，张燕什么也看不见。看了一会儿，张燕突然觉得很孤独，她走向电视机，打开，一边看电影一边继续收拾行李。

丁强奔出去的时刻，萍姐在家开始为马上要上陆的人准备各种文件和工作安排。尼克博克小区里有不少人家都是自己人，她可以把这些新上陆的人藏在这些人家里，然后慢慢把他们散到各个工作岗位上去。作为蛇头，萍姐从来没有负罪感，这个工作她一直认真地在做。她觉得她是在做好事，那么多老乡要出来，拿不到签证，只有这个路子。但是今天晚上雨太大了，这些登陆的人要从大船换小船，但愿不要出事。天气不好真的让萍姐很纠结，虽然从某方面来说会提供便利，因为海岸巡逻船都可能不出港了，但也有点危险。那些去长岛的手下一点音信都没有，这时候她倒是想姜平了，那时候姜平替她接人，当"导师"一点不会让她费心，每隔十分钟打一个电话回来报个信，让她特别放心。萍姐的男人看出她的心思，在旁边嘀咕道："就是不应该把阿平逼走嘛！真不知道你当时怎么那么狠心。"

十几年前,当她第一次看到姜平这个小伙儿时,萍姐的第一个反应是"太帅了"。她替党小明担忧,这么一个贼眉鼠眼的商人去跟一个高大帅气的艺术家抢女人是很困难的。萍姐心想,有时候,有钱也是没用的。她忽然就理解为什么党小明要求她绝对不能让姜平再见到张燕。

这么多年姜平一直替萍姐做"导师",就是给偷渡来的人当辅导员。别的辅导员都会欺负人,姜平却把这人贩子的活儿干得像慈善机构的义工。想到这儿,萍姐叹了口气,一眨眼过去这么多年了,当年的小婴儿都已经长大成人,真要感谢那个孩子,如果没有他,姜平也不会任劳任怨地给她干这么久。

即便过了这么多年,她依然清晰地记得那天发生的事情。

孩子还是交给了姜平,她心里却一百个不情愿,看到姜平抱孩子的姿势时,她焦虑症都要犯了。

"baby(婴儿)头要扶啦!"她白了姜平一眼,心里想这么好的baby,肯定会被这个爸爸养坏掉的,"你养过小孩没有啊?"

姜平一边调整自己抱孩子的姿势,一边摇头说:"没有。"然后他冲着萍姐的男人问:"大哥,孩子他妈妈呢?"

"你就不要再打听那个女人啦,那么黑心,自己的亲骨肉都不

20 Twenty

暴雨夜

要了。"萍姐男人把一篮子婴儿用品拿到姜平面前。

姜平对男人说张燕的话不做评价,看了一眼篮子里的东西——尿布、奶瓶、奶粉,都是不错的产品,然后感激地望着萍姐说:"大姐,谢谢你啦。谢谢你这几个月照顾我儿子。我会好好把他带大的。"

"不用谢啦!"萍姐一边找东西,一边说,"你的女人生完孩子就走了哈,回国闷声发大财去啦。"说着她从抽屉里面拉出来一双小婴儿的毛袜子扔给姜平。

姜平看到一愣,这是张燕给他们的小宝宝织的毛袜,他把毛袜一把抓起来放在自己裤兜里面。"大姐,"他低头问,"张燕说什么了吗?你们怎么认识的啊?"

"我们不认识,她高级得很,住在什么广场酒店,什么都是最好的。她的接生婆是我的朋友啦,知道我有三个女儿,想抱儿子都想疯了,跟我说有个女人生下了私生子不要养,问我要不要捡来的儿子。我没见过你那女人。咱们这种人不要去跟那些有权有势的人搞什么,不会有好下场的。你爸爸没告诉你吗?"

萍姐的男人过来了:"是我不要她养,明明是别人的孩子,怎么可以随便抱回来,这在美国是不可以的。喏!"他递给姜平一张纸，是孩子的出生证，上面写着：Yan Jiang。这是姜平和张燕在知道是个男孩后起的名字，"盐"是因为张燕，而他俩都喜欢"盐"这个字，一个必需物品，不贵，但是没有又不行。这时候，姜平怀里的小姜盐睡醒了，开始哇哇大哭。

姜平有点不知所措，萍姐非常麻利地从篮子里拿出奶瓶、奶粉，她拿出矿泉水兑了一瓶奶，像训斥小孩一样教姜平："兑好了，要在加温器里转一下加温，很快的，我买的都是最好的，这是加温器中的奔驰哟，你看就这样一转，好啦。"萍姐示范给姜平看。然后她很粗鲁地拉出姜平一只手，倒了几滴奶在姜平手背上，问："烫不烫？"

"不烫。"

"不烫就可以喂了。"萍姐很专业地把奶嘴塞到姜盐的小嘴里面，然后摸了摸他的小脸蛋。她舍不得让姜平把这个小孩子带走。她多想有个儿子啊，不然她赚这么多钱干什么，给女婿吗？

姜盐喝到奶就安静了，姜平眼里充满期盼地问："有给我的信吗？"

"没有！没有！"萍姐不耐烦地说，"走吧，走吧。"她又看了一眼姜平被打烂的眼睛，递给他一副墨镜说，"戴上，别吓

20 Twenty
暴雨夜

着孩子。"

姜平走后,萍姐给党小明打了电话,告诉他已经"物归原主"了。党小明立刻跳起来啦:"你这个糊涂的老太婆,你怎么能把孩子还给他爹,他抱着孩子回来找大小姐怎么办?"党小明没想到会有这种事情,"你疯了吗?你不是说交给你能处理干净吗?我告诉你,没我,你那些钱怎么办?谁在大陆给你开钱庄?你疯了吗?"

"我信佛的。"萍姐说,"我师父说这个不能做,要遭报应的。"

"去你妈的佛不佛的,"党小明冲着电话里的萍姐喊道,"我告诉你,这人如果找回来,我让你全军覆灭!"

萍姐愣了一下,说:"你说这种话没有意思了,党总,我肯定不会让他回大陆给你找麻烦的。我们都是一条船上的人啦,不要说两家人的话嘛。"可是对方已经把电话挂了。

暴雨之夜,萍姐会想起这些让她焦虑的事情,违法她根本不怕,一帮洋人立的法跟她无关,但是她怕阎王爷来抓她。违法不是作孽,但是杀生肯定要还的,何况是杀人。

Roger半夜两点多醒来,一个人走到客厅,拿起姜平给张燕的信。他觉得这个暴雨闪电中一定带着一种幽灵,可能是姜平的鬼魂。他本来根本不想再去搭理张燕和中国的往事，他本来就是要把信快递回去给张燕，但是不知道为什么，他睡不着，鬼使神差似的溜达到客厅，拿着那封信发呆。

过了几分钟，他居然把信拆开来，他不知道为什么他要拆这封信，可能在中国秘密太多，他总是外人，张燕也不会把事情的来龙去脉给他讲清楚，只是给他很多很多钱，但是他特别想知道为什么姜平要把临产的张燕轰走，为什么张燕可以这么快就嫁给党小明，还有那个神秘的张燕妈妈，她到底有多大权力？这些他都搞不清楚，对他来说，北京是一个毫无透明度的城市，最恐怖的是，他至今不知道为什么司徒要把开水浇在他头上。所以他把一个死人给前女友的信擅自拆开了。也许他想找到一些答案。

但是信是中文的，Roger 认识到他干了一件特别没道德的事情，还什么目的也没达到，过去的事情还是没道理的，而他又干了一件特别无聊的事情，把人家的信拆了，还看不懂。Roger觉得自己太可笑了，他抱着这封信自己笑得恨不得满地打滚："This is so fucking Chinese！"（他妈的中文！）他笑到眼泪都出来了。

等他冷静下来，他给张燕打了一个电话。

"丁强吗？你赶紧回来！"张燕接起手机马上说，然后就泣

20 Twenty
暴雨夜

不成声地哭了,"都三点了,对不起,真的对不起,我不跟你吵架了,求求你,回来吧。我答应你,明天咱们不走。"

……

"你说话啊,丁强,你在哪里,我叫车接你去!"张燕哀求道。

"It's me, It's Roger."(是我,Roger。)电话那头的Roger终于讲话了。

"Who is this?"(你是谁?)张燕有点糊涂了。

"It's Roger, I am OK. Probably will be bald for the rest of my life."(我是Roger,除了以后会秃顶之外,我很好。)

"Roger! Oh my God! Roger, how are you?"(天哪,Roger,你怎么样啊?)

"I am OK, Where are you? Are you in New York?"(我还行,你在哪儿?你在纽约吗?)

张燕有点不好意思,她来纽约的时候想着要去看Roger,可是调查姜平的计划、看Roger的计划都被孟主编给搞乱了,天天拉着她去看秀、买东西。她支支吾吾地说:"Yeah, I am in New York with that editor, Meng. You know her. She dragged me here for Fashion Week."(是啊,我和那个孟主编一起来纽约了,她死活把我拽来参加时装周。）

"Fashion Week？ Meng？"（时装周？孟？）Roger 不解地说，"I thought you hated her, and I thought you don't like fashion."（我以为你讨厌她，对时尚不感兴趣呢。）

"I don't. But I thought it would be nice to get away."（我是对时尚不感兴趣，但是就想换个地方待一阵子。）

"And you brought your lover boy with you？"（带着你那小情人一起来的吧？）Roger 冷冰冰地问道。

他心凉了半截，张燕居然来纽约了，但是并没有来看他。唉，有时候真是知人知面不知心。Roger 突然意识到他不了解的那个张燕是很要面子的，很关注自己在北京的地位，以及别人对她的议论。她只是在 Roger 面前装成无所谓，好像她还是当年在美国大学里的那个张燕。

"Yes, you know he is actually Chinese Public Security, they are investigating Jiang Ping's death and needed to check things out in New York."（是的，你知道他其实是警察，他们在调查姜平的死因，需要在纽约调查点事情。）

"So they sent your lover boy who doesn't speak a word

20 Twenty
暴雨夜

of English? How is that working out so far?"（哦,所以他们派你不会说英文的情人过来做调查?查出点什么来啦?）

张燕能听出来Roger语气中的讽刺,她很无奈,这么多年她的确利用了这个有才华的老同学,这次又没及时打电话问候,难怪Roger有情绪,她本能地开始用哀求的声音哭诉:"We had a fight, Roger, he left to find Jiang Ping's old friend. Oh my God, you won't believe it, we went down to Hester Street today and went into the abandoned building. There was a drug addict there who knew Jiang Ping, we wanted to talk to him… but then these thugs came out of nowhere, and the gang leader was a black guy who speaks Chinese. So weird."（我和他吵架来着,Roger,他去找认识姜平的人。天哪,你可能都不会相信,我们去海斯特街一个破楼的时候发生了什么事情,那里有一个认识姜平的吸毒鬼,我们本来想和他聊聊……结果突然来了一群流氓,领头的是一个说中文的黑人,简直啦。）

"African American, you mean."（你是说非洲裔的美国人。）Roger还是冷冷的,"So where did lover boy go?"（你那小情人呢?）

"I don't know, I think he went back to Hester Street."（我不知道，我觉得他回海斯特街去了。）

"At this hour？"（现在吗？）Roger 也开始跟着着急了，"In this rain？ How long has he been gone？"（这么晚，还下着雨？他走了多长时间了？）

"He left around 10."（他十点左右走的。）张燕又开始哭泣。

"Call the police, Yan！ This is not a joke. Your husband will kill him！"（给警察打电话，燕！这不是开玩笑，你丈夫会杀了他的！）Roger 在电话中喊道。

"My husband？"（我丈夫？）张燕吃惊地问道，"He does not know anything about this. I told him I was here to see you."（他根本不知道这些事，我跟他说我来纽约看你的。）

"He knows, believe me, he knows. Do you know who fucking dumped boiling water over my head？ Your fucking friend Situ！ Yes！ He probably did it because your son-of-a-bitch husband asked him to. He always hated me！"（他肯定知道，肯定！你知道是谁他妈把一锅开水倒我头上的吗？就是你那王八蛋老公的好朋友司徒！八成是你老公让他这么做的，丫他妈一

20 Twenty
暴雨夜

直都仇恨我！）Roger 生气了，他听不得张燕为党小明辩护，他知道司徒和党小明是朋友，所以坚信是党小明害的他。

"OK! I am going to call the police."（好的，我马上给警察打电话。）张燕说完就挂了电话。

Roger 挂了电话，转身看见他妈妈已经被他吵醒，客厅的灯开了，妈妈从地上捡起姜平给张燕的信，吃惊地看着Roger说："How could you？"（你怎么能这么做？）

暴风雨越来越大，电视里说已经升级为飓风了。萍姐有点坐立不安。她给长岛的人打电话没打通，真的急死人了。萍姐准备去烧一炷香，拜拜老天保佑。刚跪下来，她的电话响了。"接到没有？"她大声喊道，电话里也是风雨交加的声音。

"He is back! Pingjie!"（他又回来了，萍姐！）萍姐听见黑人在电话里喊。

"Who？"（谁？）

"北京来的警察！"黑人喊道。

"Get rid of him！"（干掉他！）萍姐大声命令道，"He is trouble！"（他绝对是麻烦！）

电话挂了,萍姐安静下来,开始烧香,一把又一把,她要拜到老天爷开眼把偷渡的人都送到她跟前。

张燕挂了Roger的电话,想马上报警,可是怎么说呢?她突然记得老陈介绍的FBI,翻箱倒柜终于找到电话号码,也不管是凌晨四点,马上拨了号码。

"Hello…"对方肯定被电话叫醒了。

"Mr. Shinkfield, I am a friend of Chen, at Interpol China. I am here to investigate the case and I need your help!"(辛克费尔德先生,我是陈警官的朋友,北京国际刑警的陈警官。我在这里调查一些事情,我需要你的帮助!)

"You can't be here investigating without our approval, that's not protocol."(你未经许可,怎么可以在这儿开始调查案子,完全不符合程序!)

"I need your help, my friend went to Hester Street at 10 and did not come back, can you help me find him?"(我需要你帮帮我,我朋友十点去海斯特街到现在还没回来,你能帮我去找他吗?)张燕慌里慌张地说。

20 Twenty
暴雨夜

"What? Lady! I have another call, you don't start investigating till I say so!"（什么，女士！我还有一个电话，没有我的同意你不许在纽约随便调查！）Shinkfield 挂了。

张燕只好自己去找丁强，穿好衣服，下楼，在雨里往唐人街方向走着，一边走一边哭，她一会儿觉得她当时应该留在纽约守着姜平，一会儿又觉得应该在北京守着党小明不该来纽约，天慢慢亮了，张大小姐已经走到运河街的时候电话响了。

"丁强……你在哪里啊？我求求你啦，我出来找你了。"张燕蹲在一个咖啡馆的门帘下，泣不成声地抱着电话。

"张燕！你冷静点！"老陈听出来这位大小姐快崩溃了，"你冷静点，我是老陈，陈警官。"

"陈警官，你那狗屁的FBI根本不管我们，丁强去找线索，到现在没回来，我怎么办啊？怎么办啊！"

"张燕，你给Shinkfield 打电话了？你怎么说的？"

"我没说什么，就说我们来找姜平的死因，然后丁强失踪了。"

"他知道你的姓名吗？"

"我好像没说。"

"那就好，他们不会那么快查出来你是谁，你赶紧走吧。他们知道你妈妈是谁的话，会给你找麻烦的。纽约出了一个大案子，我刚从法国飞过来解决，你放心吧，丁强我负责找到送回去。"老陈对这些事情是有经验的，张燕和丁强是无权在美国查案的，如果知道张燕的背景，美方会用这个事情大做文章，很麻烦。

张燕似乎听见老陈背后是机场广播的声音，突然觉得有希望了："你到纽约啦？那就太好了！"她突然觉得有救了，但是还是追问了一句："你刚才什么意思，老陈？跟我妈妈有什么关系？"

"没关系，但是人家会扯上关系，会很糟糕，弄得不好会影响你妈妈的。"老陈就想让这个大小姐赶紧走。

"我有今天下午的机票回北京。"张燕说。

"那就好，你在酒店待着，不要乱跑，下午保证登机回北京。"老陈说完匆忙地挂了。

张燕收起电话，咖啡馆开门了，她进去买了一杯咖啡。走出来的时候她感觉好多了。她想她还是对的，就是应该早点回北京。她一边往酒店走，一边想要不要去看看Roger。

21
Twenty-one

保护伞

21 Twenty-one
保护伞

王中淮在自己开的牛排餐厅里大摆宴席,请了一群媒体老大。

"各位,今天请大家来是好事,一是桑爱姑娘马上要出演一部电影的女一号了,应该是至今中国投资最大的电影,鄙人出了点钱哈,请大家捧场,多提拔一下桑爱姑娘。"同一桌上,一位眉目清秀的姑娘站起来,欢快地说:"谢谢各位老大了。"

"第二件事情是我和惠安的党总,决定一起投资一个制片公司……"

"王总不知道党总打人的事情吗?"有人问。

"党总打人?哈哈。"王中淮尴尬地假笑,"怎么可能,他一个江南书生,小巧玲珑,去打架肯定会吃亏的。"

"不是打架,他去嫖娼打妓女。"另外一个媒体人说。一桌人都点头,王中淮才停止讲话,坐下来问大家怎么回事。这是当下最火的八卦,大家你一言我一语,聊得津津有味,焦点当然是党总的红二代老婆会不会因此和他离婚。

王中淮有点晕,这件事情太出乎意料。怎么会有这种消息泄露出去?司徒那里就是出了什么事,也不会走漏风声啊。他有一种失控的感觉,这个世界真的变得太快了,这些主编十年前还是一帮大学生吧,今天就敢在饭桌上放肆地议论王中淮和他朋友们的家事,他们算老几啊！他闷闷不乐地吃完这顿饭，原来的如意算盘突然复杂了。

当天晚上，王中淮就成了张燕妈妈客厅里的不速之客，没人敢晚上十点半去找首长。

"说吧，什么事？"张燕妈妈给王中淮一杯白开水，她闻到他身上的酒气，忍着脾气问，"淮子，你这么晚来找我，到底什么事情？"要不是看在王中淮的爸爸是提拔她的老上司的分上，她早就把他赶出去了。

王中淮听见自己的小名，胆子大了一点，是啊，他是在权力中心长大的，和普通人不一样。这不是王阿姨嘛，她还曾经想把张燕嫁给王中淮呢！他就直接问王阿姨是不是党小明收银行的后台就可以了。可是最后他还是拐弯抹角地问："王阿姨，那小明收银行的事情你都知道吧？"

"唉！"张燕妈妈叹口气说，"他跟我好像说过一两句。"

和首长对话是很费脑筋的事情。王中淮脑子里有点乱，张燕妈妈如果是党小明的后台固然好，但是如果党小明知道他直接跑来打听这个事情肯定会生气的，估计那电影公司的钱就泡汤了。如果张燕妈妈并不清楚这件事情，党小明也够狂的，到处打着丈母娘的旗

21 Twenty-one
保护伞

号呵斥人替他办事。那银行党小明是买不成的,对方出手够狠的,拿下了司徒就是抓住了好多人的小辫子。司徒那个小档案里面可有不少人。司徒已经跟王中淮说了,对方就是要收拾党小明,但是没说是谁,也不知道后台是谁。但是真有钱,一口气把司徒的三个夜总会都买下来了。这些事情他绝对不能跟王阿姨摊牌,但是不说出来就不知道党小明到底有没有后台。真是两难啊。王中淮有点后悔和党小明卷在一起,这两亿看来悬了。

王中淮瘫在张燕妈妈的沙发上,心里琢磨着事情,一句不发,还闭着眼睛。张燕妈妈看着他,一言不发。等着王中淮自己说他为什么半夜闯来找她。

"王阿姨,"王中淮突然坐起来说,"当初我要是娶了张燕就好了。"

张燕妈妈笑了:"我和你爸爸当时的确有这个意思,可是你每周换一个女朋友,还都是演员,一个比一个漂亮,我们都看花眼啦!张燕那丑小鸭怎么可能配得上你王公子。"

"我那时候幼稚!幼稚啊!"王中淮使劲拍着自己的脑门,"张燕可不是丑小鸭了,王阿姨,人家是天鹅。"

"你是想说党小明是吃上天鹅肉的癞蛤蟆吗?"张燕妈妈一针见

血地点了王中淮。

"王阿姨,您太厉害了。这话我可不敢说,小明是非常优秀的商人,脑子太好使了,我根本跟不上他的思维,太快了。当然,他也是您女婿。"

"淮子,"张燕妈妈把语气调到语重心长的频道说,"阿姨跟你说,你在商言商,和党小明做买卖是因为他能赚钱,不要因为他是我的女婿。也不要想太多,不要自己去揣摩我是不是党小明的后台。"老太太坐到王中淮旁边,拍了拍他的肩膀,"阿姨没糊涂,什么事能干,什么不能干,阿姨有数。你懂的。"

王中淮恍然大悟似的看着张燕妈妈,然后用双手搓了搓脸。站起来说:"阿姨,我明白了。谢谢阿姨。"然后起身走了,出门前给张燕妈妈深深地鞠了一躬。

王中淮回到车里,迫不及待地掏出电话打给司徒。

"我操,你丫有事也不通报,太不哥们儿了。"

"什么事情啊?淮哥你慢慢说。"司徒客气地说。

"党小明那事情是你透露给媒体的吧?"

"哎哟喂,淮哥,咱都是哥们儿,这事我可不敢干。他小明

21 Twenty-one
保护伞

总多狂啊,我不敢得罪。再说,我这么弄,你们谁还敢来我这儿玩啊!你说是不是?"司徒一边嘴上搪塞这个问题,一边心里提醒自己,这事打死也不能认。

"那谁走漏了风声,是不是跟党小明收那银行有关系?"王中淮气急败坏地问道。

"淮哥,"司徒用婉转的口气说,"你跟张燕是发小,她妈妈看着你长大的,你又不是不知道,党小明这几年的扩张,哪个不是打着老太太的旗号,人家是女婿,谁能说什么?这么做,怎么可能不得罪人呢,对吧?小明现在是大人物了,你不觉得他现在比以前鲁莽很多吗?说实话,他现在动了谁的奶酪恐怕自己都不知道。"司徒喘口气,把最后一句话貌似语重心长地说出来,"淮哥,你还是劝劝小明总吧。也就你说,他还听得进去。"

这话王中淮最爱听,他一直是以精英中的精英自居的,他是成功商人,又是在权力核心长大的,至今离核心也不远。谁能跟他比?他总是觉得他比商人高一头,因为他是"红色贵族",他又比其他的二代高一头,因为他比这些人更有钱。党小明娶了个张燕,钱也比他多,其实王中淮是打心眼里佩服党小明能爬到这个位置的。不过,最近党小明是挺狂的,让他摔跟头也是教训教训这种人。

"那党小明打人的事情，老太太知道吗？"

"淮哥，出了那么大事情我怎么能瞒着老太太，我亲自到家里赔罪的，就差在地上磕头了。"

"哦？"王中淮有点吃惊，刚才张燕妈妈可是一点没透露知道这个事情，"那老太太怎么说的？"

"老太太说她是张燕的妈妈，不是党小明的后台。"

"啊？！"王中淮很吃惊，想当年张燕刚从美国回来的时候，张燕妈妈是拉着党小明见大家，让他们都多帮助党小明的，"是这样，那我有数了。有另外一个电话，司徒我挂了哈。"王中淮看见手机上显示"党小明"几个字。他盯着这个名字看了一会儿，还是决定不接这个电话了。对方挂了，隔了两分钟又打来，王中淮仍然不接，就这样持续了很长时间。

王中淮一直认为自己的政治敏感是超人的，他也凭着这个政治敏感在为自己建立一个无形的帝国。他的投资很散，从媒体到煤矿，从哈尔滨滑雪场到海南的沙滩，可能他在上千个企业里持股，但是他几乎没掏过一分钱，都是干股。谁都知道，如果要上市，一定要先去老王那里拜码头，让老王尝点鲜。

21 Twenty-one
保护伞

这些年王中淮非常看好党小明,这次收银行他一直都在挺他,跟所有人说,党小明收了银行一定能做好,而且向所有人打包票说,把现在银行的高管扯下来是张燕妈妈一手策划的。

王中淮在车里叹口气,他意识到这对他是一个重大打击,以前这些民营企业家都认为他离权力核心很近,不仅消息准确,有时候还真能影响政策。他们都叫他IPO(首次公开募股)大神。他万万没想到张燕妈妈居然不帮党小明,失算啊,失算啦。

去里昂的一路,老陈都很失落。这是他最后一个岗位了,他是处级,已经五十六了。卸任国际刑警之后肯定就退休了。改革开放这么多年,老陈从来对钱没感觉,里昂的活儿是部里人人都羡慕的位子,打破头抢的位子,他倒好,因为老跟上面对着干,因祸得福。走之前,老陈听见几个老朋友夸他这步棋走得漂亮,终于逼着部长给他一个好活儿,调虎离山。

他自己倒没有那么得意,能够把女儿留学的费用挣出来他挺开心的,但是父女关系已经很糟糕了,两个人几乎无法交流。老陈心里很清楚,交学费是他当父亲的义务,他对女儿因此对他好一点不抱任何希望。

九个小时的飞机到巴黎，他一直在发呆，看着窗外的云彩，免费酒精也多喝了点，就更是惆怅。他知道他这辈子是失败的，就事业来说，他原来离经济犯罪局局长的位子只有一步之遥，结果就是因为查了党小明，被派到非洲，完全被闲置了。现在还是因为党小明，他又去了法国。他自己心里清楚他就是记仇，不然他绝对不会私自把丁强搞到北京来做侦探。这点其实挺过分的。

老陈心里清楚去法国就是投降了，认输了。向钱认输，向党小明认输。他的人生失败了。

到了里昂安顿下来，老陈发现，里昂挺不错的，他喜欢在古罗马格斗场周围散步，在老城里瞎转悠。老陈是个吃货，一不留神居然入住了出米其林厨师的城市。老陈开始学法语，每天练得脸蛋肌肉抽筋，小舌头打嘟噜还是不行。但是老陈敢张嘴。经常跑到里昂的小馆子里跟漂亮服务员插科打诨，人家基本上听不懂他说的法语，但是看在他那么努力的分上，都愿意跟他搭讪，还教他一两个新单词。

短短一周多一点，老陈已经和当地小餐厅的一个服务员打得火热了。里昂城里做里昂家常菜的馆子叫Buchon，就是法文酒塞子的意思。这些小馆子的菜特别地道，但是都不是很健康，大量的

21 Twenty-one
保护伞

奶油。老陈爱吃下水,在北京一周两次卤煮,他知道里昂人也吃肥肠,就是做不好。而只有在这个小餐厅里,一个四十来岁很妩媚的女服务员,看见老陈使劲比画他自己的肚子,猜出来他要吃大肠,给他推荐了当地一种用肥肠做的肠子,叫Andouillette。做法很简单,就是把肠子煎了蘸芥末吃。老陈吃爽了,一连好几天每天去小馆子叫同样的菜,人家女服务员明明叫Ann-Marie,他就叫人家Andouillette,Ann-Marie生气了,不给他上菜,他才改口。因为他每次去吃饭必点Andouillette,餐厅的人反而叫他Monsieur Andouillette,肥肠先生。

到里昂的前几天,老陈还惦记着丁强和张大小姐,他经常给丁强打电话,但是好像没什么进展。丁强说张大小姐天天带他去看什么时装秀,还有就是买东西,天天买东西。老陈听了这些只能怪自己幼稚,怎么能寄希望于这个大小姐,她怎么可能有正义感,她是既得利益者,把她丈夫搞出来,她怎么天天买买买。想到这里,老陈狠狠地拍自己脑瓜一下,这么老了,还是不懂人性,真的没用。

但是自从有了Andouillette和Ann-Marie,老陈就不那么惦记丁强和张大小姐了。他脑子里反而经常出现Ann-Marie的形象,这是一个四十多岁的法国女人,身材诱人,每天穿着白衬衫,头两个扣子都是敞开的,只要稍微低头,就能看见她里面漂亮的白色蕾丝文胸,乳沟中间有一个小小的、粉色的蝴蝶结。每次。

Ann-Marie 给老陈倒酒的时候,他都会让自己的眼光去找那个粉色的小蝴蝶结。有一天,他似乎看见一个黑色的蝴蝶结,这个小改动居然让老陈有了生理反应。他意识到,几十年来,这是他第一次有性冲动。

Ann-Marie 似乎洞察到老陈的眼神。老陈来吃饭都是找饭店最里面一个角落的位子。Ann-Marie 有一天特意把老陈拉到外面的座位,还蹦出几个带着浓厚法国口音的英文词:the sun! Good! sit outside!"(太阳真好!坐外面!)老陈乖乖地坐在Ann-Marie 安排的位子上,他发现外面的桌子比里面矮一截,正在给他摆桌子点菜的Ann-Marie 需要弯腰对着他,老陈不仅看见了里面的黑蝴蝶结,还有两个白嫩丰满的乳房。他顿时脸红了。

Ann-Marie 假装没看见他的反应,铺好桌子,指着对面的格斗场说:"You see, better view."(你看,这里风景更好。)老陈那天穿的短袖衬衫,Ann-Marie离开之前摸了一下他的胳膊,老陈像触电了一样,在思维紊乱中似乎看见Ann-Marie 跟他眨了

21 Twenty-one
保护伞

一只眼。老陈呆呆地坐在那里,不知所措,这种感觉对他来说太陌生了。

结账的时候,老陈大声喊:Ann-Marie, Je paie.(我付钱。)餐厅其他服务员都笑了,逗Ann-Marie说,那个中国大款要给你钱。Ann-Marie根本不在乎这些,走到老陈跟前,把账单给他,当着老陈的面把自己电话号码写在账单上,然后跟老陈悄悄说:"Call me, I teach you French."(给我打电话,我教你法文。)就那一瞬间,老陈后脖子能感受到Ann-Marie的呼吸,他的骨头都酥了。

那天晚上老陈居然做了一个春梦,这是他青春期之后第一次做这种梦。他满脑子都是Ann-Marie 白扑扑的乳房。到了办公室,老陈想,他为什么不能和Ann-Marie 约会呢?他是单身啊,虽然他对Ann-Marie毫不了解,但是他可以请她出来吃晚饭嘛。这影响外事纪律吗?那如果他把她带回公寓呢,她会去吗?老陈更担心的问题是他自己还会做爱吗?还行吗?

正在他想入非非的时刻,他的上司,Joe,国际刑警亚洲司的副司长把一大摞卷宗"砰"的一声放在老陈的桌子上。

老陈好像从梦幻中醒来,看着桌子上的东西,大声问:"What

is this?"（这是什么？）

Joe 乐呵呵地说："Your Christmas Present."（你的圣诞节礼物。）

老陈一头雾水，开始翻阅面前的档案。

这里面都是围绕一个叫陈翠萍的女人。四十八岁，福建人。中国改革开放刚开始，二十一岁的陈翠萍从一个贫困的闽南山区跑到深圳，之后从深圳去了香港。在香港她一直打工。五年后，陈翠萍移民去了美国。在美国，她和丈夫开了一家公司，不起眼，地址是百老汇47号。看上去这是一个杂货店，地下室是一个做福建菜的餐厅。

刚开始，陈翠萍只是需要人手帮她打理生意，她想把她的亲戚办到美国来，总是被拒签。有人告诉她把亲戚运到洪都拉斯，然后再塞在船上当水手，到了佛罗里达，下船去接一下就可以了。陈翠萍照这个流程走了一遍，很顺利。之后她村里还有人要来美国，她就一遍又一遍地重复这个过程。早期，她不仅为自己的买卖"运人"，纽约唐人街的非法移民，几乎有一大半是陈翠萍运来的，后来发现全美国的福建非法移民，都和陈翠萍有关系。美国的FBI早就关注她了，但是一直没有一个可以抓到她现行的案子。没有证据，抓了也是白抓。几十年了，陈翠萍一直是唐

21 Twenty-one
保护伞

人街最牛的蛇头——人称"萍姐"。

　　陈翠萍当蛇头赚了不少钱，洗钱成了大问题。这时候她遇见了一个和她年纪差不多大的男人，叫老范，做倒卖垃圾的生意。倒卖垃圾是一个脏买卖，很多美国处理垃圾的公司都是黑帮用来洗钱的，全部是现金买卖。陈翠萍认识了老范就可以用垃圾洗钱了。这个买卖越做越大，除了运垃圾，还开始走私，开地下钱庄。

　　老陈知道这些材料都是他原来抓党小明需要的。党小明的第一桶金就是从这些地下钱庄赚来的。看到这些材料都是十几年前的，他很吃惊，为什么国际刑警不把这些情报跟中国公安部分享？十几年前，他如果有这些资料，党小明是逃不了的。他冲到Joe的办公室，Joe正在看新闻。

　　"Joe，"老陈问，"Why was this information never shared with the Chinese police？"（这信息为什么没有给中国公安部？）

　　"Oh, Chen, you have to go to New York. We are going to get this bitch now. Look at these poor people."（陈，你得去趟纽约，这回我们一定要抓到这个死老太太。这些人太可怜了。）Joe的眼睛盯着电视屏跟老陈说。

老陈这才注意到Joe在看什么，一位CNN（美国有线电视新闻网）的播音员站在海滩上，周围停有至少三辆救护车，救护人员拿着担架小跑着去海滩。镜头远处太阳刚刚升起，海滩上有一些小的黑色的斑点，播音员说：

"These are people who are apparently desperately trying to come to America, I would hope that those people who are already here would recognize how important the freedom is that they have here."（这些人冒着生命危险也要来美国，我希望我们美国人要意识到我们的自由是多么重要。）

"Is this New York?"（是纽约吗？）老陈问。

"Yup, Long Island."（是的，长岛。）Joe 说。他有浓厚的布鲁克林口音，老陈猜想他是从小警察开始做的，别人可能看不起Joe的身世，老陈却很佩服Joe能做到这个位子。

"I use to be on the Jade Squad,"（我曾经是和田玉小分队的。）Joe 说，"These people, what do you call them Fukianese? Anyway, we couldn't understand a word they say, even when they are speaking English. They had a whole village in the basement, all illegals."（这些人，你们好像叫他

21 Twenty-one
保护伞

们福建人,很难搞,我们连他们的英文都听不懂。他们地下室住的都是偷渡来的人。)

"What's the Jade Squad?"(和田玉小分队是什么?)老陈问。

"It's a special unit of NYPD which handled Chinatown Mafia cases. Man, it was hard. These Fukianese people were tight. We couldn't break them."(是纽约警察局专门负责唐人街黑帮的小分队。当时办案子太难了,福建人很抱团的,我们根本搞不定。)Joe看着老陈说,"I think it's better for you to go to New York, you know, that mades more sense, you go, it's your people. you can talk to them."(我觉得最好你去纽约,更合理,是中国人的案件,你去更合适,你能跟他们说话。)说着,Joe就拿起西装外套要出门了。

"Wait!"(等下!)老陈说,"I'd be happy to go but you need to brief me. what is this case about?"(我去纽约没问题,但是你要告诉我这案件是关于什么呀?)

"It's all in the files I gave you."(都在我给你的档案里面。)Joe一边说一边往外走,老陈只好跟着他往外走。"And it's all over the news, they tried to smuggle hundreds of people to New York, but there was a storm last night, the ship hit a sandbank and a lot of people died. It's headline news all over the place."（其他的就都在新闻里了。萍姐又有一船人偷渡去纽约，可是船在长岛搁浅了，偷渡的人都跑出来，有些就死在沙滩上。你不看新闻吗？到处都是这个报道。）

"And you want me to go to New York?"（那我去纽约？）老陈说。

"Yeah, you go. You nail that little old lady, she is nasty."（对，你去，一定要找到萍姐的罪证，那小老太太非常恶毒。）Joe和老陈已经走到电梯旁。

"And those files you gave me, why didn't you share it with the Chinese?"（你给我的档案，为什么不给中国呢？）老陈问道。

"We did, of course we did."（给了呀，我们当然给了。）Joe 表情有点疑惑，"I gave all the documents to the guy who was here before you. Zeng, Zhang, or something. He is now a big deal in China, Minister or something."（我把所有的文件

21 Twenty-one
保护伞

都给了你的前任。叫曾、张、什么的,现在好像是个大人物,部长什么的。) Joe 已经进了电梯,话音未落,电梯门关了。

老陈突然什么都明白了,Joe 说的是詹付红。

22
Twenty-two

回北京

22 Twenty-two
回北京

清晨五点多,Roger 挂了张燕电话以后,拿起身边的烟灰缸朝地上狠狠地砸去。他脸气得通红,刚刚长好的头皮也通红,几条青筋在激烈地跳动。

Roger妈妈吓坏了,马上过去安慰儿子,使劲摩挲他的背,嘴里喃喃道:"It's OK, It's OK. Calm down baby, you are OK."(好了,好了。冷静一下,没事儿的。)

Roger 抿着嘴,Roger妈妈能听见儿子气得咬牙切齿,在她的安慰下,Roger终于长叹一口气。

"What happened?"(怎么啦?)妈妈问。

"I called her cell, she is actually in New York, did not come to see me, and even worse, used me as an excuse to come to New York with her boy toy to have an affair. Mom, what kind of person does that?"(我刚给她打电话,她在纽约,不仅不理我,不来看我,还以看我为借口带着小情人到纽约来玩。她怎么能是这样的人?)

"She is selfish."(她自私。)Roger妈妈说。

"I am sorry, Mom,"Roger 说着起身去厨房拿笤帚去扫掉满地的玻璃碴,"I am sorry, this was dad's favorite ashtry."

（对不起，妈妈，这是爸爸最喜欢的烟灰缸。）

"It's OK, darling, He quit smoking two years ago."
（没事儿，他两年前就戒烟了。）

妈妈看着儿子把地上的玻璃碴扫干净，拿着簸箕过去，接过笤帚，对儿子说："Learn to not care about people who do not care about you."（学会不要在乎那些不在乎你的人。）Roger 妈妈顺手捡起来那封中文信，和碎玻璃一起扔进垃圾桶，不可回收的那个。

张燕回到酒店，暴风雨过去了，是一个明朗的早上，她匆忙收拾行李，走进洗手间，发现丁强从国内穿过来的T恤衫还晾在浴缸上面。不管张燕怎么说，丁强坚持自己洗衣服，就是不把脏衣服送给酒店去处理，也不管张燕给他置办多少名牌，这件破T恤衫只要是干净的，他总是穿这一件衣服。张燕知道这都是丁强对她的挑衅，表示他的各种不满，他不稀罕张燕给他的物质刺激。

张燕想起来有点生气，把衣服扯下来，但是并不准备带走。她把丁强的护照和衣服叠好，放在一个纸袋里面。然后她写了一张字条给丁强：

22 Twenty-two
回北京

强：

  我先走了，是老陈让我走的，私自调查案件是不允许的。我不想给家人找麻烦。你昨天晚上真的不该出去，那么大雨，我等了你一夜。我把票换好了，今天下午国航回北京的航班，你回来拿了护照就直接来机场吧。或者你告诉前台给你叫车，去JFK airport, Terminal 1（肯尼迪机场，1号航站楼）。

  我们飞机上见，或者北京见！

燕

写完以后，张燕吻了一下丁强的T恤衫。她相信丁强会回酒店找她，她下楼找到前台，特别提醒他们如果丁强回来，把东西交给他。还嘱咐了一句：他英文不行，最好让他先看自己写的中文纸条。

老陈下了飞机就直奔现场了，长岛这个小镇已经被这件事情闹翻了，本来这里是个安静的地方。大部分人是技术人员，肯尼迪机场的工程师、水电供应局的质量检查员等等，不少已经退休了，大家都在警察拉的黄线外面目瞪口呆地望着海滩。小镇居民可以看见沙滩上躺着的人，有的已没有任何生命迹象，有的还在动，看见在动的，大家都会呼唤救护人员去急救。老陈到的时候,活着的都已经被救护人员拉走了。沙滩上只剩下尸体了。

"Hey, you must be Chen. I am Lesley, NYPD."(嗨,你一定是陈,我是莱斯利,纽约警察。)一位中年警官过来跟老陈握手。

"Hello, Lesley, I am Chen, from Interpol. What can we do to help?"(你好,莱斯利,我是陈,国际刑警。有什么需要我帮忙的?)老陈问。

"Well, we are going to need help identifying the people from the boat."(嗯,我们需要帮忙确定船上人的身份。)

"I am on assignment from the Chinese police, if you share the information with us, maybe we can do something."(我们正在执行中国警方的任务,如果你把信息给我们,或许我们能做些什么。)老陈回答道。

海滩上的尸体都骨瘦如柴,身上的衣服破烂不堪,老陈想起他来纽约之前看的档案,萍姐这样的蛇头,要跟每个人索取3.5万美金的偷渡费,偷渡者先交订金,到了美国之后就被派到各种地方打工,工资要先偿还蛇头的费用,之后才可以挣钱,当然也只能拿到最低工资。他想起那个CNN主持人说这些海滩上的尸体是为了自由偷渡到

22 Twenty-two
回北京

美国。"真是放屁！"老陈想，"什么他妈自由，就是因为穷！"

远处离海比较近的一个警察向他们招手："Sir! I don't think this one is from the boat! He is wearing an Armani suit and shot in the head with a bullet."（长官，这人看着不像是船上下来的，他穿着新的阿玛尼西装，而且是枪杀。）

老陈和Lesley警官赶过去，丁强的尸体一半还泡在海水里。他脑门上有一个大窟窿。老陈走到尸体旁边，坐下来，抱着尸体来回摇晃着说："我害了你，孩子。我害了你，我害了你……"

"Who is he?"（这是谁啊？）Lesley 问。

"One of ours, he was undercover."（是我们的人，卧底的警察。）老陈抱着丁强冷冰冰的脑袋说，一边说一边捋着丁强的头发。

两位警官立刻低头摘下帽子。"I am so sorry,"（很遗憾，）Lesley 警官说，"he is very young, we make sure he will be returned to his loved ones."（他很年轻，我们保证他的遗体回到他亲人身边。）

两位警官正在劝老陈离开海滩，老陈的电话响了，他掏出手机，看了一眼，是张大小姐。

老陈接了电话，但是说不出来话。

"老陈吗？陈警官，你在吗？我今天下午回北京了，丁强的护照和衣服我留在酒店前台了。你找到他叫他来拿东西。"张燕的声音很轻松。

"他死啦！"老陈冲着电话喊道！一只手还在捋丁强的头发。

张燕半天没反应。

"老陈，那我走不走啊？"张燕的声音有点颤。

"走吧。你必须走。把酒店地址发给我，我去处理。"老陈长叹一口气。这个大小姐真是碰不得，爱她的男人都不得好死。老陈这时候清醒了一点，他很清楚他必须把后面的事情处理好，不能有人知道张燕和这些事情的关系，要是让外国媒体知道了，肯定又会有各种负面报道。老陈跟着那位纽约警官上了警车。

张燕对于丁强死的反应让她自己吃惊，她发现自己没有什么悲伤，只是恐惧，她突然记起来丁强好像是有家的，万一他家人知道张燕和丁强的事情，找到北京来怎么办？万一他们知道张燕的妈妈是谁，找到首长那里怎么办？万一他们告她怎么办？这些她都不会处理，但是她很犹豫是否要把事情真相告诉她妈妈。她一点不担心党小明发现她和丁强的关系，她知道他不会怎样的，可能会变本加厉地利用张燕的关系赚钱，把戴绿帽子的钱赚回来。

22 Twenty-two
回北京

"我是个坏人吗?我利用了丁强吗?"她心里责问自己。但是她还是哭不出来,越哭不出来,她心里越内疚。她叹了口气,到酒店前台把她给丁强留的东西要回来,拿出了那件被丁强快洗烂了的旧T恤衫,然后把包还给前台。一个人拽着两只大箱子上了酒店门口等着她的车。

门铃响的时候,Roger靠在沙发上正在睡觉。"The door is open, just leave the food on the counter."(门开着,把食物放在柜台上就行了。)他喊了一声,以为是他妈妈出门前给他叫的外卖。每天中午,Roger都要他妈妈从一个四川馆子给他叫麻婆豆腐和干煸四季豆,两个他最爱吃的中国菜,他说他对中国的怀念都是由他的胃完成的。

张燕听见Roger喊让进门,就轻轻地进来了,顺手把门关上。她看见沙发上躺着一个瘦小的秃头,头皮上还是粉粉的鲜肉,一块一块的,像瘌痢头。她不声不响地坐在Roger对面看着他。Roger隐约感觉到有人在屋里,而张燕的香奈儿5号又彻底暴露了她的身份,Roger妈妈不会用这么妩媚的香水,因为她的相貌已经充分表达了这一点。Roger眯着眼睛问:"Yan? Is that you?"(是你吗?张燕?)

张燕冲上去抱住他："Roger, I am so sorry, so sorry."（Roger，对不起，非常对不起。）

"Don't do this."（不要这样。）Roger轻轻地把张燕推开，"What are you doing here?"（你来这儿干什么？）

"I came to see you."（我来看看你。）张燕说。

Roger叹了口气，平静地说："The truth, please, why are you in New York? No more lies, Yan. No more lies."（说实话，你为什么在纽约？别再说谎了，燕。别再说谎了。）

张燕眼巴巴地看着她这位蓝颜知己，一直以来，她不想把所有真相都告诉Roger，她怕解释不清楚，她觉得告诉Roger中国人有秘密，一个外国人最好不要去打听的秘密对Roger是说不通的，何况这个美国律师的儿子像美剧里面的人物一样，对所谓"真相"穷追不舍，而且痛恨被欺骗。张燕知道，她无数次骗Roger的结果很可能是葬送了她和Roger的友情。她要把这个友情挽救回来，其实张燕比谁都清楚，她和Roger的关系早就折旧到负价值了，一个高干女儿和一个外国男同性恋搞得那么近乎，总是不伦不类的，张燕自己也搞不清楚为什么对Roger这么不舍，也许因为Roger是她过去的一部分，是她还天真烂漫的时候的朋友，也是唯一知道她和姜平那段故事的朋

22 Twenty-two
回北京

友。所以,她不能放弃Roger,和党小明结婚后这些年,她有时候觉得生活失真了,她经常有灵魂出窍的感觉,她觉得她不是那个张大小姐,可是原来和姜平要过日子的张燕她自己也找不到了,只是偶尔和Roger在一起的时候她能找回来一点当初的感觉。

"The truth,"(其实,)张燕不敢直视Roger,"The truth is that old police officer, Chen, the one who told me Jiang Ping is dead, has been after my husband for years. He suspected him of smuggling and money laundering."(那个老警察,告诉我姜平死了的陈警官,调查我老公好多年了。他怀疑党小明走私、洗钱。)张燕顿了一下,看了一眼Roger,这些她以前都没有告诉过他。Roger跟他点了点头,示意让她说下去。"So according to Chen, Jiang Ping was working for the Chinese mafia in Chinatown for years, ever since we broke up. This year, for some reason, Jiang Ping wanted to come clean, to confess everything and bring down the people in the Chinese government who had been helping the Mafia in New York. So he went to the FBI who went to the Interpol and sent a message to Chen. Chen said Jiang Ping had material evidence to put a lot of powerful Chinese in jail. So they arranged to meet in China and Jiang Ping will give him the information and tell Chen what he wants in exchange. But he was killed before they even met."（陈警官说，我和姜平分手后他就开始给唐人街的黑手党干活。不知道为什么今年姜平想自首，姜平去找了FBI，他说他有证据，还有一个名单，不仅能搞掉纽约的犯罪组织，还可以把国内政府里帮助黑帮的高官都揪出来。他让FBI的人找陈警官，陈警官说，他相信姜平的材料会让不少官员不仅掉了乌纱帽，还会坐牢。陈警官和姜平都约好了见面地点和时间，可是就在这之前，姜平被乱刀砍死了。）

"Oh my God！"（我的天哪！）Roger 睁大眼睛看着张燕，"So, did Jiang Ping tell Chen that you were his ex-girlfriend? Is that how he found you？"（所以姜平告诉陈警官你是他前女友是吗？然后陈警官就找到你了？）

"No, they never talked."（没有，他俩从来没通话。）张燕说，"When Chen found Jiang Ping's body, he found my telephone number in his pants pocket. Apparently, Jiang Ping's parents have both passed away years ago, his only relative is a cousin in Seattle."（陈警官找到姜平的尸体，在他的

22 Twenty-two
回北京

裤兜里找到了我的电话号码。据说姜平父母都过世了,只有一个堂姐在西雅图。)张燕自己到厨房拿了一瓶矿泉水。

"So I went to identify Jiang Ping's body in Hebei, it was horrible. I had no idea that Ding Qiang and that Policeman Chen stayed in contact with each other. I don't know why I made love to him. It wasn't me." (所以就叫我去河北辨认姜平的尸体,简直太恐怖了。我不知道丁强和陈警官一直有联系,我不知道我怎么会跟他做爱,那不像我做的事情。)

"Jiang Ping would have been proud of you though," (姜平要是知道会为你感到骄傲的,)Roger说,"You finally let yourself go." (你终于跟着感觉走了一回。)

"He would." (他会的。)张燕终于开始为丁强哭泣了,"He looked a lot like Jiang Ping. So after you were hurt, we had no idea who did it. Except the SOS doctor said the man who called the emergency hotline left your home address and my husband's mobile number." (丁强长得挺像姜平的。你被烫伤后,我们根本不知道是谁伤害你的。唯一线索是国际救援的医生说打电话的人留了你的地址和我老公的手机号码。)

"I know, they read the number to me and I recognized it right away."（我知道，所以我肯定是他要害我，医生给我念了电话号码。）Roger 开始明白怎么回事了。

"But it wasn't him."（但是真的不是党小明。）张燕几乎有点歉意地说。

"I know, it was fucking Situ."（我知道不是他干的，是司徒。）Roger 咬牙切齿地说，"and I think he was just afraid that I would tell you that he is gay."（司徒害我不至于是害怕被别人发现他是同性恋吧？）

"Really?"（会吗？）这回轮到张燕吃惊了，"But we all knew that he is gay, or at least bi. You know he runs these secret clubs where rich man go. I think my husband is a client of his."（但是我们都知道他是同性恋，或者双性恋。你知道他是开俱乐部的吧？我觉得党小明经常去他那里。）

"So why does he want to pin this on Dang?"（难道司徒想栽赃党小明？这又是为什么啊？）Roger 不由自主地摸了一下自己刚长出来的头皮。

"I am not sure,"（我也不太清楚，）张燕说，"There is

22 Twenty-two
回北京

some deal going down about buying a bank. Apparently, the management of the bank really does not want him to take over. But the minority shareholders, who are Dang's friends all want him to become the majority shareholder."（也许跟党小明的一个收购有关系。他在收购一家银行，这个银行的高管不希望党小明收购，但是小股东已经决定把股份卖给他了。）

"So I am going to be bald because a homophobic asshole was trying to prevent your husband from taking over a stupid bank?"（也就是说，一个怕出柜的混蛋为了阻止你老公收购银行浇了我一头开水？敢情我成了秃子就因为这些？）

"I don't know… I don't know…"（我不知道，不知道。）张燕不知道说什么好，她心里想，她真的不知道，司徒不是好人，但是Roger也不是小孩了，他俩在一起不是她张大小姐撮合的，两个同性恋在一起互相打杀跟她有什么关系？

"You don't know? Is that all you have to say? Do you know that you hurt people who love you by protecting them? Of course you know, deep down you have always known. You know when you left Jiang Ping he would self-destruct. But you left anyway, because it's easier for you to ditch him if he was not the young up-coming art star from China! You know that's how you love, you let them die! You watch them self-destruct. And all the time, you tell yourself it's not your fault. You tried. That's how you love. That's who you are!"（你不知道？其实内心深处你什么都明白，你以为你在保护那些爱你的人，而实际上你在伤害他们。你知道你离开姜平他会自残，但是你却忍心让他这么做，因为一旦他不是那个马上出道的著名中国艺术家了，你离开他更方便。这就是你的爱！燕！你真是爱死我们了，你看着我们自残自毁，然后你说，这一切都不是你的错，你无能为力。这就是你，张燕，你就是这样一个朋友。这就是你！）Roger喘了口气，他终于把这十几年他想说的话都倒出来了。

张燕傻了，她没想到Roger是这么判断她的，但是她知道Roger说的是对的，十几年前，她看着姜平砸毁自己的展览，只是吓得逃跑，雨中她一直在想，姜平没希望了，以后纽约没有人要他做展览了，她必须走，为了她自己和孩子。是啊，她为什么没有留在画廊拦住姜平呢？是她爱他不够多吗？而今天，丁强也死了，难道爱她的人都因为她而倒霉吗？她很想告诉Roger，他是对的，她心里什

22 Twenty-two
回北京

么都知道,只是不敢承认,现在丁强也死了,但是她还是不知道,姜平被乱刀砍死,Roger被司徒虐了,丁强被纽约流氓杀死,难道都和党小明有关?

"So where is your boy toy?"(你那情人呢?)Roger看来还是没消气,话语中充满了讽刺和不满。

张燕特别想告诉他,丁强已经死了,这只能说明Roger是对的,所有爱护张燕的人最后都没有好下场。但是她又突然有点紧张,Roger是个外国人,不会回中国了,她控制不了他的言论,万一他把张燕、张燕妈妈、党小明的事情都说给什么《纽约时报》,那可是天大的麻烦。这时候她的自我保护意识突然很强烈,她居然很平静地说:"He was a one night stand, Roger, I was just his cover to come to New York and look into Jiang Ping's death. Now Interpol is involved, so I can go home, now."(我和丁强不过是一夜情,我是他来纽约调查姜平死因的掩护。现在国际刑警直接介入了,我可以回家了。)

Roger半信半疑地说:"Wait, you were his cover to come here, but didn't you say your dragged him to all the fashion shows with Meng?"(等一下,你是为丁强打掩护来的?你不是

说你拽他一起跟着那个姓孟的去看时装秀吗？）

"Yes, yes."（是的，是的。）张燕意识到她需要把自己的谎言说圆了，"He had to go because he was supposed to work for me, plus we were still kind of having sex. Now his boss, Chen, is here. He doesn't need me anymore."（他必须跟我去时装周，因为他装成我的雇员，当然，我们还是有过几次性关系的。不过他老板陈警官来了，就没我什么事儿了。）

"Haha!"（哈哈！）Roger 终于笑了，张燕知道只要说性，Roger就会开心起来。如果他不是那么开心，他会注意到张燕说最后一句话的时候，眼圈已经湿了。"I knew it, you were still having sex with him, you have that glow in your face. You little vixen, You!"（我就知道你跟他根本没断，而且还在一起干，你脸上有红扑扑的感觉。你好狡猾。）

"I should go,"（我得走了，）张燕站起来说，"I am going to miss my flight."（要不然赶不上飞机了。）

"Wait,"（等一下，）Roger 说，"there was a letter for you, I think it was actually from Jiang Ping."（你有一封信，我觉得是姜平给你的。）

22 Twenty-two
回北京

"What？！"（什么？！）张燕吃惊地问。

"Some woman delivered it here, she didn't say anything, just left it with the doorman. Didn't you say Jiang Ping had a cousin？"（一个女的送过来的，什么都没说，就把信留给楼下守门人了。会不会是姜平的堂姐？）

"Yes, a female cousin, who is a Chinese doctor in Seattle. maybe 10 years older than him."（有可能，姜平的堂姐比他大十岁，是个中医，住在西雅图。）张燕说，"How do you know it's from Jiang Ping？"（你怎么知道是姜平的信？）

Roger 很不好意思地说："Because I opened it. I saw the signature at the bottom of the page, it exactly like his signature on his art work. I am sorry, Yan."（因为我把信拆了，我看见签名了，我认识姜平的签名，和他作品上的一模一样。抱歉，燕。）

张燕脑子像炸了一样，姜平给她写信了？她突然太想看到这封信了，她根本没听见Roger的抱歉，她只是慌张地说："Give me the letter, I gotta go. Please, give me the letter."（给我信，我得走了，给我信。）

Roger 在屋子里找了一圈，发现没有了。他突然想起来清晨他妈妈把他砸碎的烟灰缸扫走倒在垃圾桶里:"Oh my God, Yan, I think my mother threw it away!"(噢,天哪,燕,我想我妈妈已经给扔了。)两人同时冲到厨房的垃圾桶,张燕毫无顾忌地将垃圾大把大把掏出来,Roger也被她推开,张燕的手被玻璃碴刺破,她借着一时的疼痛开始哭泣,先是抽泣,之后变成号啕大哭,一直到她把姜平沾满垃圾的信捧在怀里,冲出Roger家,钻进一直在楼下等她的专车。

23
Twenty-three

半挂坡

23 Twenty-three
半挂坡

燕：

　　看来我们见不着了。

　　我有一事相求，堂姐这么多年来一直照顾我，她要回国养老，带着她的亲戚，她俩想恢复中国公民身份，这件事情你如果能帮忙就费心了。

　　我只想跟你解释一件事情，十几年前我砸画廊，是因为如果我不跟你分手，我爸爸就会去坐牢。砸画廊的前一天，一个陌生人给我看了我爸爸的逮捕令，罪名是走私。他跟我说，如果我和你分手，他可以让我父亲不坐牢。燕，我不能不孝，所以我把你吓跑了。

　　还记得我们曾经说过去半挂坡种向日葵吗？我这些年都活在生命的阴暗面，现在退休回国一定要在有阳光的地方。一定要种几亩向日葵。看来只好你一个人去收向日葵了。

　　燕，我要告诉你，十几年前来找我的人就是你现在的丈夫，党小明。

　　这么多年你其实一直在我身边。

　　去收我们的向日葵，照顾好堂姐和她的亲人。

平

纽约到北京的飞行时间是十三个小时。十几年了，张燕早就忘了半挂坡这件事情。还是陈警官给她打电话去认尸无意中说到半挂坡，她才想起来这个地方。在飞机上，姜平的信像电流一样刺激了她的记忆，半挂坡又在张燕脑子里满血复活了。

那时候，张燕和姜平是两个穷学生，周末张燕就赶到纽约，在姜平的地下室里一起过周末。有一天下午，他俩做完爱躺在床上聊天，姜平问张燕，如果有钱，她想住什么样的房子，张燕脱口而出："Roger 他们家那样的，邮编必须是10019到10021的。"

"你真俗！"姜平笑话她。

"那你要住哪儿？"

"我得去住半挂坡。"姜平说，"那是我爸老家，我和堂姐头一次开车回去，村里人以为我们是来种大烟的。"

"在什么地方？"

"离北京不远，官厅水库往北，在松山那边一个山沟里。"

"那都出北京了，在河北吧？"张燕说。

"嗯。"姜平说，"那里四面环山，解放前有人偷偷在那里种大烟。我爷爷还记得那时候村里每家都是有钱人。后来大烟被禁了，都给烧了。村里人只能靠种土豆为生了。我和堂姐是给家里亲戚送钱和

23 Twenty-three
半挂坡

年货去的,那村里没人认识我们,我们开玩笑说是来买地搞开发的,村里人都以为我们是来种大烟的。整个儿闹一个误会。"

姜平光着身子从床上起来,抓起一块画布,用笔在上面随手画了几笔,举起来给张燕看:"这就是咱俩在半挂坡的家。一个小农舍,前面我都给你种上向日葵。"

"为什么种向日葵?"张燕问。

"因为你爱嗑瓜子啊!"姜平笑着说。

张燕不知道那张画最后是否还在,没人会看懂那张画,像德·库宁的女人系列,抽象得不能再抽象。但是张燕知道这幅画的每个细节,前面一片黄是向日葵,后面鲜艳的宝石蓝是房子。还有一束炊烟,像一绺白头发一样。如果姜平还活着,也可能已经有白发了吧。

和张燕坐同一航班头等舱的客人都认为她疯疯癫癫的,虽然看不见她的模样,但是都能听到她一会儿哭一会儿笑,像抽风一样。

张燕想起自己嗑瓜子的故事会笑出声来。那时候她和姜平是真穷,连看个电影都舍不得,所以两个人到周末就缩在地下室里,没什么零食,只有嗑瓜子。姜平和她下棋她盘盘输,玩牌她也玩不过,于是乎,她发明了一个"嗑瓜子"的游戏,看谁一分钟内能嗑最多的瓜子,这个游戏她每次都赢。姜平说,老了要去半挂坡天天跟她比嗑瓜子，为了省钱，必须种一大片向日葵。那时候他们是真的很穷，但是穷得欢乐。张燕不明白生活为什么要这么捉弄她，没钱的时候反而给了她爱和欢乐，现在有钱了，却死活乐不起来了。也许是年龄的问题吧。

漫长的飞行，给了张燕充分的时间反复琢磨姜平的信。每一句话她都推敲半天。

看来我们见不着了。

我有一事相求，堂姐这么多年来一直照顾我，她要回国养老，带着她的亲戚，她俩想恢复中国公民身份，这件事情你如果能帮忙就费心了。

每次看到第一句话，她都要小哭一会儿。她哭是觉得对不起姜平，说实话，这些年来她没觉得她会再见到姜平，去纽约没找过他，她没想到姜平却认为他俩还会相见，她被感动了，她开始认为姜平一直爱着她。特别是这句："这么多年你其实一直在我身边。"

她不知道姜平怎么熬过来这些年的，要给坏人干事，但是心里还惦念着她。张燕真的很感动，她觉得姜平是世界上唯一真爱她的人。但是她使劲回忆姜平的堂姐，就是想不起来这个女人长什么样子，她们见过一面，她刚怀孕的时候，堂姐特意从西雅图赶过来，给张燕带

23 Twenty-three
半挂坡

了好多中医给孕妇的补药。但是张燕不记得她了,只记得有这么一回事情。这个堂姐为什么把信送给Roger?这一点张燕实在想不通。

至于姜平说党小明威胁他的故事,张大小姐半信半疑。张燕清楚他们三人不是三角恋,是她和姜平分手后才认识党小明的。但是她也不明白姜平为什么要编这么一个故事,难道是警告她党小明是一个危险人物吗?是个坏人?张燕觉得这事情太怪了,一个卷入黑社会的前男友谴责她现任中国首富丈夫曾经威胁他?现如今大家唯一的结论就是羡慕嫉妒恨吧。张燕这么想,但是她回去还是要问党小明一下。

党小明的Go Bag(安全包)在他书房厕所的洗手盆下面,这个柜子是玻璃门,可以明显看到里面装着各种洗漱用品的备份,但是后面的木板其实是第二道门,右侧有一个非常隐蔽的指纹锁,只有党小明右手的中指才能打开这道门。张大小姐去纽约后,《著名企业家嫖娼打女人》《中国首富的SM嗜好》《有钱就能打人吗?》《红二代驸马玩女人好打人》《京城某俱乐部是有钱人的妓院》等等标题铺天盖地地在媒体上发酵,党小明只好戴着墨镜过点对点的日子,在东山墅上车,然后开到他自己办公楼车库他的专用电梯前,有两个保镖护着上电梯。每天这样,已经快一周了。他的公关公司,也就是张燕的公关公司没有加入这次危机公关的队伍,党小明很明智地用了一家更加精通网络信息控制的公关团队。在他的计算中，这个八卦也就一周的新闻周期，之后肯定会有什么明星出轨的新闻冒出来，他这点破事，立刻就结束了。如果没有明星出轨，他就花钱制造明星出轨就好了。这种事情摆平的难度不大。

党小明头疼的事情是如何跟张燕妈妈交代这件事情，有些很讨厌的文章在强调他和丈母娘的关系，还预料这事情会不了了之。他知道这会给张燕妈妈带来麻烦，而他必须把他的故事先跟老太太汇报，他党小明的故事就是：根本没这事，是商业竞争对手在恶意毁他名声。可是几次打电话约见丈母娘都被秘书挡了，这让他小有焦虑感；而居然王中淮也不接他电话，这就很奇怪了，毕竟，这王中淮还等着他转一亿过去成立影视公司。而今天，官媒上的社论文章《成功企业家的社会责任》一文让他紧张了，文章中不仅鞭笞了知名企业家的行为，还特别指出钱不能高于法。党小明一直觉得很安全的，但是这篇文章让他没有安全感。

新闻炒了一周了，不仅没消停，反而还招来官媒的社论，这些都不是好迹象。党小明回到家里，给他几个要出售银行股份的老乡——打电话，居然有两个支支吾吾，很婉转地表示最近不能完成转股交易。凭着党小明的敏感度，他立刻意识到有人跟他捣乱，而且

23 Twenty-three
半挂坡

肯定有后台的。他开始有点紧张了。

他接到张燕的信息,说明天到北京,而且有重要事情和他谈。党小明反而心里舒服一点,张燕回来了,他和首长的线就接上了,他俩可以周末一起去看老太太,把事情搞清楚。至于张燕要谈的事情,无非是澄清他是否去逛妓院什么的,这个很简单,已经发生过无数回了,他把司徒叫来,证明一下他只是无奈陪别人去俱乐部就好了。没什么太了不起的,张大小姐还是很好糊弄的。

他特意下午三点回到家里,指手画脚指挥司机、阿姨去买花,把房间布置漂亮了,又让秘书去卡地亚买了一条项链。这一切他都轻车熟路,自从他认识张燕,就摸清楚这位大小姐的软肋无非是那些资产阶级文学作品里的爱情动作,对党小明来说,真是小菜。一切就绪,他决定去书房看一下股票,边走边接了一个电话:"喂,哪位?"

"萍姐被抓走了。"

"你是谁啊?"党小明突然很警惕,"为什么给我打电话?萍姐是谁啊?"

"萍姐被抓走了。"对方又说了一遍,然后就把电话挂了。

党小明先愣了一下,然后冲进书房,锁门,直奔洗手间手盆下面的柜子,他熟练地用指纹打开第二层柜子,拿出一个运动包,他把包拿到办公桌上检查了一遍：里面有三本护照，新西兰、洪都拉斯和加拿大；三十万美金现钞；一部中国香港手机，一部美国手机。一个小本上面有海外账户和密码。一切就绪。这个包叫Go Bag，据说所有富豪都有，万一有被整进监狱的危险，拿上这个包就能跑路了。党小明知道老范有这么一个包，但是只有一本加拿大护照，他知道外国富豪也有同样的准备，这些人买卖都没问题，但是偷税漏税真的经不起查。他一边检查自己的Go Bag一边想，萍姐出事会涉及到自己吗？这是二十年前的事情，但是他又想，不怕一万，只怕万一。正在这个时候，电话又响了，显示是司徒来电。党小明马上接了电话："嗨，正说要找你吃饭呢，刚去你办公室。"

"小明总，你在公司吗？我找你去说点事儿？"司徒说。

党小明突然非常镇静了，他不再犹豫了。很坚决地说："我正要回家，张燕明天回来，我得去准备。你一个小时以后来我家吧。就在我家吃饭。一会儿见。"听他和司徒讲电话，完全像没事人一样。挂了电话他马上给詹付红打电话，还是秘书接的，还是说在开会。党小明挂了电话，把手机扔在地上，狠狠地踩上几脚。然后迅速得像狼一样进卧室装了一个拉杆箱的衣服。他背上他的Go Bag，

23 Twenty-three
半挂坡

拉着箱子，出门的时候对阿姨说："我有点急事出差，有人来找我你就让他们改日再来吧。"

纽约出事的第二天，部里就收到陈警官的汇报材料。这份材料不仅形容了萍姐——纽约唐人街最大蛇头的活动，还把老陈十几年前查办的党小明走私案件和萍姐联系到一起。文件中提到党小明和萍姐的合作是为了洗钱，同时也再次剥削偷渡者，为这些偷渡者向国内转钱并牟取暴利。汇报材料里表彰了张燕，说她很有正义感，为了协助调查还给陈警官派去纽约的调查员丁强打掩护，把丁强列为自己公司的员工。这些都说明虽然张燕是党小明的妻子，但是与党小明作案无关，不是同谋。报告说陈警官出国前得到长期给萍姐打工的中国人姜平的电话，要弃暗投明，希望回国后免罪。姜平带着党小明及其同伙的作案证据，以及党小明一伙贿赂腐蚀国内官员的证据。但是姜平遇害了，遇害前未能把材料交给陈警官，现在这些证据下落不明。最后，陈警官特别指出，萍姐等作案情报早在十年前就由国际刑警转交中国公安部门。部里人都知道，十年前负责国际刑警联络的是詹副部长，部里人也都清楚詹副部长和党小明是哥们儿。但是如果没有证据，这案子最终还是不了了之。

老陈写完报告之后给国内追了一个电话,要求部里恢复丁强的职务,给予因公殉职的死亡待遇。部里同意了。老陈放下电话,居然哇哇大哭了好一阵子,弄得旁边的美国警察不知所措。

张大小姐进了别墅,发现屋子里摆满了她喜欢的粉色花朵,暗暗地谢了党小明一下,突然觉得不管怎样,这里还是家的感觉,而党小明是她的家人。她把包往沙发上一扔,喊道:"小明!我回来了!你在哪儿?"房子太大了,又都是清水水泥,她只听到自己的回音。这时候,阿姨过来跟她说小明出差了,有急事,昨天很匆忙地走了。张大小姐觉得有点奇怪,马上给党小明拨电话,发现被告知"拨打的号码无效"。她走进党小明的书房,看见地上被踩碎的手机,推门进洗手间,看见了手盆下面的柜子敞开着,而且居然有两层。

作为中国优越阶层的一员,张大小姐心里一直埋藏着一种恐惧感,这就是对失去特权的恐惧。这种感觉像卡在嗓子里的鱼刺一样,虽然不影响日常生活,但是总会提醒你它的存在。站在党小明书房里,看着被掏空的暗柜和手机碎片。她知道她这些年最害怕的时刻就是现在了,最害怕的事情已经发生了——党小明出事了。他逃了。

张燕的第一反应是给她妈妈打电话:"喂,妈妈,出什么事啦?您

23 Twenty-three
半挂坡

怎么不告诉我?"

"没出什么事啊,你回来啦。"老太太很冷静地说,"你怎么啦?刚回来就这么慌慌张张的。"

"妈,小明他……小明他……没事吧?"

"我不知道啊,"老太太说,"是那个嫖娼案子弄的吧,不是什么大事。"

"什么嫖娼案子?"张燕惊讶地问。

"你来我这里吧。吃个晚饭,我跟你慢慢说,你别往心里去啊。"说完老太太就挂电话了。

首长家的饭菜向来是很清淡的,厨师是部队出来的,晚上六点开饭,非常准时。张燕迟到了,厨师只好把已经上好的三菜一汤拿回厨房加热。

"妈,怎么回事啊?"张大小姐焦虑地问。

"就是男人犯浑那点事情,外面狂传他去嫖娼还打了一个妓女。"老太太示意张燕先喝点茶,压压惊。

"唉……"张燕长叹一口气,"他太没出息了,妈,这事不会影响您吧?"

"不会,"张燕妈妈漫不经心地说着,"再说,我已经退了。"

"您退了？不是说还能往前一步吗？"张燕吃惊地脱口而出。

"别瞎说了，我没有那么大本事，"老太太说，"这话要让别人听见会说我有野心的哦。"

"妈，您真的退了？"

"是啊，我干了一辈子了，应该给年轻干部一个机会，其实上个月组织上就决定允许我退休了，下周就公布。"

"哦，哦。"张燕点头道，还是对这个信息有点难以接受。

饭菜热好了，母女二人各有心事地闷头吃饭，老太太时不时给张燕夹菜，让她多吃点，说她好像在纽约又消瘦了。张燕闷头吃饭，等到吃完了，厨师把饭菜端走后，她严肃地看着妈妈说："妈，姜平给我写了一封信。"

张燕妈妈没吱声，接过来信，拿出老花镜。不到一分钟就把信看完了，递给张燕。然后摘了老花镜，看着女儿，一言不发。

"是真的吗，妈？"张燕问。

"什么是真的吗？"老太太反问。

"党小明去威胁姜平让他跟我分手，您知道这件事情吗？"

"都过去这么多年了，这事情再翻出来有什么意义啊？"老太太有点不耐烦地说，"这信是他寄给你的？"

23 Twenty-three
半挂坡

"不是。是他的堂姐送到Roger那里的。"张燕说,"我想知道真相。妈,您能告诉我吗?"

"真相?有什么真相?我真不该把你送美国念书,这都是什么啊!"老太太明显不开心了,但是这次张燕决定要刨根问到底,"真相不就是外国人天天嚷嚷的truth吗?老说我们掩盖真相,有什么好掩盖的,今天的真相你还不明白吗?你选择离开姜平,因为你看见他最坏的一面了,你做了选择,带着肚子里的孩子离开了他,这就是真相。你为什么这么做只有你自己知道,问我干什么?"

"那你怎么认识党小明的?妈,我求您了,您就告诉我吧。"张燕哀求道。

"我怎么认识党小明的?公务认识的。我带着一个中国招商团去美国招商,他是团员,这就是真相。"老太太理直气壮地说,"那是你出国之前,还是党小明告诉我纽约有一个华人奖学金,推荐你去考这个奖学金。这就是真相,至于你是分数好,考上的,还是党小明给你走的后门,你等他回来问他吧。这是你要的真相吗?"

"妈,您别生气。我知道您这辈子为我费心费力大了。后来党小明去找姜平您知道吗?"张燕口气温柔地问。

老太太也软了,叹了口气说:"孩子,那时候我身边的人都知道我不大喜欢姜平,他是个艺术家,十多年前的中国谁也不愿意自己女儿嫁给艺术家,觉得艺术家不能养家,怕自己孩子吃苦。这是实话。这些话我肯定在聊天的时候跟党小明说过,但是我绝对没有叫他去威胁姜平跟你分手。"老太太说完站起来,"我累了,你如果审讯完了,我休息去了。你房间已经收拾好了,你也早点睡吧。"

张燕不记得她是几点入睡的,她醒来的时候手里还紧攥着姜平的信,一个小警卫在门口说大院门口有两个人找张燕,问她是否要让他们进来。

"谁啊?"张燕揉着眼睛问。

"一个叫董黛的女的,说是姜平的姐姐,还带着她儿子,叫姜盐。"

张燕"嗖"的一下站起来,说:"让他们进来吧,进来吧。"

张燕赶紧换了衣服走到客厅,看见母亲已经吃完早点坐在那里看报纸了。

"你有客人?"母亲问。

"姜平的堂姐和她儿子来了。就是她在纽约送的信。估计是有事找我们帮忙吧。"

"不是找我们,"老太太纠正道,"是找你帮忙。"

23 Twenty-three
半挂坡

北京的高干大院保安很严密,姜平堂姐和姜盐需要出示证件、登记,还要把证件留在传达室,出来的时候再领取。大院外面是一个典型的北京街道,大院的门是浅灰色,只有一小条缝,供警卫人员巡视外面的来客。进了院子似乎到了一个封闭的公园,外面市井的喧闹被鸟声替代了,一条小道两边都是灌木,隐约可以看到灌木丛中有房子,但是每栋之间的距离很长,几乎都看不见,比一般的别墅要更加注意保护隐私。

张燕站在门口等董黛,她还是记不得这个堂姐的模样,一直到一个个子不高的中年女性带着一个大个子男孩走到她面前,才想起来。堂姐是个瘦小的女人,但是很精致,快二十年了也没怎么变样,不愧为中医,会保养。身边的男孩看着有点眼熟,再三打量以后觉得她没见过这个孩子。"堂姐好,"张燕热情地说,"这是你的儿子吗?大帅哥啊。"

董黛一愣,说:"姜盐,叫阿姨。"

姜盐很礼貌地叫了一声"阿姨",张燕听得出来这孩子是美国长大的,说中文有独特的美籍华人口音。

进屋以后,张燕介绍了还在看报纸的母亲,给两位客人沏了茶,老太太勉强打了招呼,但是注意力还是在报纸上。

"姜平信上说您有事找我帮忙,您讲吧。不用客气。我们能帮肯定帮。"

"谢谢,谢谢。"董黛也很客气,"都是为了孩子,他想移民回中国,至少办一张中国绿卡。"

老太太听到这句话把报纸放下了,摘下老花镜看了一眼姜盐,然后倒抽了一口气,差点没叫出声,还好用手捂住嘴,她看了一眼自己的女儿,张燕没有任何异常反应,也没有看到她自己母亲的惊讶。老太太这时候站起来正式跟董黛和姜盐打招呼,然后坐在姜盐身边开始和孩子攀谈起来。

老太太的这些举动让张燕觉得很奇怪,一般情况下,她知道妈妈是不愿意放下官架子的,特别是当别人有求于她的时候,她总是很矜持的。但是她心里暗暗高兴母亲对姜平堂姐的儿子这么关注。

"是这样,"董黛说,"姜盐这孩子是个学霸,MIT(麻省理工学院)明年就要毕业了,他想回国发展,想去清华深造,还想留在国内教书。我在国外很多年,不太清楚这些手续该怎么办理。"

"这事情交给我来办吧,"张燕妈妈突然激动地说,"他可以住在我这里,我来帮他办手续。你放心吧,那谁的姐姐。"张燕妈妈还没记住堂姐的名字,但是已经站起来把姜盐的事情大包大揽了。

23 Twenty-three
半挂坡

张燕惊喜地说:"那……我妈妈说可以帮忙,而且她亲自过问,应该没问题吧。"董黛马上站起来走到张燕妈妈面前跪下,大哭道:"我替孩子爸爸谢谢您,谢谢您,谢谢您!"

张燕惊奇地看到她妈妈也老泪满面去把堂姐扶起来,姜盐懂事地去搀扶张燕妈妈,只有张燕傻呵呵地看着这个情景,不知道眼前发生了什么事情。

董黛起身后说她和姜盐还要走访几个亲戚,张燕妈妈一再留他们吃饭,但是他们还是坚持要走。走之前,姜盐对张燕用英文说:"My dad wants me to give this to you, it's the key to the house at Ban Gua Po."(我爸爸要我把这钥匙交给你,是他在半挂坡的房子。)然后给了她一把小钥匙。张燕更是一头雾水。

张燕本想追出去问,被母亲拦住了。等到堂姐和姜盐走远了,老太太才流着眼泪抱着张燕说:"傻闺女,那是你的儿子!那是你的儿子啊!"

董黛和姜盐走到传达室了,听到张燕歇斯底里地大叫一声。董黛想回去,姜盐把她拉住,说:"别,让她自己好好想想要不要我这个儿子,我也好好想想,有没有必要认这个妈。"

24
Twenty-four

尾声

24 Twenty-four
尾声

当天下午,张燕决定必须去半挂坡。一路上,她闭着眼睛,脑子里一会儿是姜平,一会儿是姜盐。她还反复回忆了党小明在医院告诉她孩子死了的那一刻,她觉得自己怎么这么胆小,为什么一辈子都在害怕,这么没主意,没安全感,没勇气,错过了多少时光,连累了多少好人,都是因为自己的懦弱。

从北京市区到半挂坡大概两个小时,到半挂坡已经下午四点多了。张燕头一次发现中国北方农村这么美,这里四面环山,山坡上都种着栗子树,还没到打栗子的时候,但是山根下有的树枝已经被果实压弯了。村里只有三条道,旁边的房子都很朴实,大部分还是干打垒的建筑,每家门口堆着柴火,村里的道路干干净净的,傍晚已经有人把小板凳拿到门口,准备晚上乘凉聊天了。

张燕不用问路,老远她就看见一片向日葵,就像姜平早就把路标为她做好了一样。向日葵后面有一所小房子,其实房门根本没锁,张燕一推就开了。里面有很多她眼熟的东西,有她和姜平在纽约用的旧咖啡壶,做出的咖啡别提多难喝了,还好,姜平是用这个壶插花用,但是里面的花已经枯干了。满墙都是姜平的画,张燕就像穿越了一样,在屋子里发呆,轻轻地抚摸那些她曾经相识过的物件,就像摸到老情人一样,最后她坐在厨房的一张小餐桌上,居然发现面前是一小碗葵花子,上面有张小条:隔壁老张炒的瓜子,看看谁嗑得快。

张燕静静地坐下来开始嗑瓜子,这么多年了,她从来没允许自己去想姜平,生活太快了,有这么多新的事情要去做,这么多钱要去挣,没有工夫给旧人。但是在半挂坡的小屋,时间凝固了,她不能做别的,只能坐在那里,嗑瓜子,想姜平,想怎么去找姜盐,她怎么跟儿子说呢?

瓜子嗑完了,碗底有一张小条,上面写着:你赢了,保险箱密码:正转32反转过零两次87,正转13。张燕站起来扫了一眼小屋,没有保险柜。她毫不犹豫地走到姜平多年前画的那张半挂坡的画面前,摘下油画,后面有一块农村画布的帘子,掀开帘子,里面正是一个保险箱。

张燕打开保险箱,一张纸掉出来,是姜盐的出生证,上面明确地写着父母是姜平和张燕。张燕亲了几口这个出生证。里面还有一堆文件,张燕拿出来看了一眼,都是账本,再仔细看,她发现这里面有很多往来账是党小明以前的公司和美国一家公司的往来账目,美国公司的地址让她警惕起来:海斯特街2号,就是她和丁强找到那个认识姜平的吸毒鬼的地方。张燕突然想起来陈警官跟她说,姜平

24 Twenty-four
尾声

手里有证据,难道这就是姜平带回来的证据?

张燕继续翻阅保险箱里的文件,发现一个本子上写着"华侨奖学金"得奖者,她马上打开,上面有她自己的名字,有她妈妈的介绍,包括她妈妈主管的部门;再往前翻,有詹副部长的名字,他的孩子也得到了"华侨奖学金",还有好多其他的干部子弟。

张燕突然浑身发凉,她马上给老陈打电话:"陈警官,你好,你在里昂吗?"

"谁啊?张燕吗?"老陈还不客气地打了一个哈欠说,"我还在纽约呢,这儿早上四点,我今天回里昂。"

"老陈,我找到姜平要给你的证据了!"

"……"老陈半天没说话。

"老陈,你要的证据我都给你找到了。"

"张燕,美方已经逮捕了萍姐和她的偷渡集团,他们的口供足够判党小明罪了,我在总结报告里已经把你和你妈妈跟案件的关系搞清楚了,这个案件的罪魁祸首是党小明,你们都不该受牵连。我不知道你找到的证据里有什么材料。你该怎么处理怎么处理吧。"

张燕愣了,老陈是让她把这些证据毁了吗?"可是,你不回来处理这个案子吗？老陈？你不是说这个案子如果有结果，你的职业生涯才能画句号吗？"

"我老了，张燕，到退休年纪了，坏人归案我就满足了。部里说调我回去来着，还能当局长，我都给拒了，里昂是个不错的小城市，我就在那儿好好待几年，然后准备回国退休了。"

"老陈，那我该怎么办啊？"张燕迫切地需要老陈指导。

"问自己的良心，按照自己的良心去做。"老陈说完把电话挂了。

傍晚了，张大小姐抱着姜平冒着生命危险带回来的一堆纸，一屁股坐在玉米地里，嘴里念叨着：我该怎么办？我该怎么办？